Sonata Patética

© 2025, Menalton Braff
Todos os direitos reservados à Degustadora Editora e protegidos pela
Lei 9.610, de 19.2.1998. É proibida a reprodução total ou parcial sem a
expressa anuência da editora.

Esta obra foi revisada segundo o Novo Acordo Ortográfico da Língua
Portuguesa, em vigor no Brasil desde 2009.

Direção editorial Melissa Velludo
Revisão e preparação de texto Roseli Braff
Imagens da capa Colagem digital feita com detalhes das obras *Retrato de Dr. Gauchet*, *Marguerite Gauchet ao piano* e *Homem velho com a cabeça em suas mãos*, de Vincent Van Gogh.
Capa e diagramação Alexandre Guidorizzi
Posfácio Elaine Christina Mota

Dados Internacionais de Catalogação na Publicação (CIP)
(Câmara Brasileira do Livro, SP, Brasil)

Braff, Menalton
 Sonata patética / Menalton Braff. —1. ed. --
Ribeirão Preto, SP : Ópio literário, 2025.
 180 p.

 ISBN 978-65-985571-2-6

 1. Romance brasileiro I. Título.

25-246737   CDD-B869.3

Índices para catálogo sistemático:
1. Romances : Literatura brasileira B869.3

Eliane de Freitas Leite - Bibliotecária - CRB 8/8415

SELO ÓPIO LITERÁRIO
Degustadora Editora
E-mail: adegustadoradehistorias@adegustadora.com.br

Menalton Braff

SONATA PATÉTICA

Romance

1ª edição

Ópio literário
2025

Para Roseli, minha luz, meu calor.

JÚLIA

1

Já não me lembro do rabo de cavalo que me ficou apenas em algumas fotos da adolescência, época da vida de que não curto muita saudade, a idade dos meus tormentos, de mil tormentos. Com os anos, meu cabelo foi encurtando na proporção em que aumentavam as responsabilidades. Entrava então na estética da funcionalidade. O cabelo de casada, solto e derramado até as espáduas, me fez mulher quase plena com olhos marejados de esperança. Depois do divórcio e suas frustrações, me assumi dona absoluta do meu destino e meu cabelo procurou imitar a cabeça daquela Joana D'Arc vista alguns dias antes no cinema. No meu caso, era a poda cada vez mais radical. Abalada com a situação doméstica, fragilizada, eu estava prestes a me divorciar e saí do cinema chorando, com aquela cabeça da Seberg dentro dos olhos alagados. Olhos muito grandes, do tamanho de minha tristeza por causa de uma tentativa frustrada: meus sonhos, como também meu ventre, não tiveram frutos. Árvore seca, desfolhada, foi como me encontrei sozinha. O fel aos poucos se diluiu em minha boca, mas então veio o costume e já era tarde para ramos e folharadas. Quando a sós, minha mãe e eu, ela me dizia com voz escondida, Dois anos sem gravidez. Seu modo frequente de me inculpar. E ela não imaginava as mútuas acusações azedando os lençóis que nos protegiam com neutralidade asséptica. Tanto uma filha, pelo menos, eu queria porque a maternidade era o mais alto escopo de uma vida feminina, segundo o patriarca com sua linguagem barroca, que ele chamava pomposo de *sermo cultus*. Então as muitas bonecas com que vim treinando, enquanto crescia assustada com o volume cada vez maior dos mamilos, eu colecionei. Em todo aniversário e até mesmo em outras datas de comemoração. A família toda, incluindo tias e primas. Por algum tempo estive preocupada em saber se era femininamente capaz ou não, se os aparelhos da reprodução eram competentes para gerar. Essas coisas. Não por muito tempo, pois tinha os pais, meus dois irmãos, tinha meu ofício de odontopediatra em que, se restava ainda alguma vocação maternal, podia me realizar. Neles todos me compenso dos sonhos falhados.

    Na faculdade os galos cantavam o tempo todo como se fossem os reis do terreiro. E mesmo induzida à procriação, com sermões diretos, com frases soltas de mera sugestão, com os presentes todos que recebia, minha sexualidade explodia em desejos que, com muito esforço, eu ia reprimindo. Tudo na vida tem uma hora certa, costumava sentenciar meu pai. O que me facilitava a resistência eram as asneiras com que alguns colegas tentavam me seduzir. Eram tolices de que eu ria e meu riso era meu escudo. Esperava me guardar para o pai da filha que tanto queria. Enfim, nem uma coisa nem outra. Nem os prazeres da carne, tampouco a filha com que sonhava. Eu suspirava de impaciência. Inclusive nos cursos de especialização, muitas vezes me recusei o prazer do corpo, resguardado em posição de espera. Meu pai, com sermões conservadores e de retórica jurídica, se interpunha entre meus desejos e sua consecução. E agora, solto suspiros sonoros e bastante melancólicos enquanto trato dentes de leite. A menina e seu irmão menor acomodam-se no banco oscilante. À medida que a roda-gigante roda alçando os dois para o alto, soltam as mãos da barra de ferro, batem palmas e soltam gritos estridentes que se podem ouvir em toda a cidade. Apesar de tudo, mantenho-me no apartamento que foi o lar do casal, como um ser adulto que rejeita a tutela dos pais. Minha toca. O lugar onde encontro a existência nua, sem os múltiplos disfarces que se usam para a vida social. Em meu quarto, indevassável para qualquer ouvido humano, gemo e rolo sobre os lençóis, enquanto me arranco orgasmos profundos com os próprios dedos. Um banho em água morna, então o sono. Às vezes um filme. Ao sair do consultório, passo em uma locadora para escolher alguns. Toda metódica: escolho um diretor e dele assisto a todos os filmes disponíveis. Metade do prazer, contudo, se esvai com a falta de compartilhamento. Não costumo receber visitas. Raramente a Cacilda porque prefiro nossos encontros fora do ambiente em que posso atingir meu próprio cerne. Ela me consola e ao mesmo tempo me invade. Sinto falta de ar.

 Foi súbito e minha mão treme por conta própria. Estou escarafunchando o interior da boca de uma menina de belos dentes saudáveis, que me visita quatro vezes por ano, desde que a mãe lhe descobriu a gengiva inchada, como se fosse uma doença. E o pensamento me bate de surpresa: crescer é adoecer? Não, pensador sério nenhum homologaria tal pensamento. Alguma coisa mais próxima é, Não existe crescimento sem sofrimento. Sim, isso me parece mais semelhante a um pensamento verdadeiro. Alguma coerência. O celular vibra no bolso do meu avental, súbito, mas continuo examinando dentes de leite e gengivas avermelhadas meticulosamente. Se não encontrar algum problema, a mãe vai sair decepcionada. Evito melindres maternos tanto quanto posso. Exame sem doença e doença sem remédio – cliente que se perde.

Pausa.

O celular, agora com irritação ainda maior, volta a vibrar. Raivoso, insistente. Me finjo de morta, sempre me finjo de morta. À mesa, louvações ao caçula, o Marco treme de ciúme ou inveja e eu me finjo de morta, sem ligações com o ambiente. O celular não para de tocar, mas enquanto houver uma boca oferecendo-se a mim, escancarada, o mundo todo está ali.

Me despeço da mãe e da filha, com beijos sonoros em todas as faces, recomendo um dentifrício novo, muito infantil, e três vezes ao dia, ouviu?, espero que a porta se feche então ligo para a recepcionista. Dá um tempo. É o nosso código.

— Você queria falar comigo?

Estranho isso de o Marco insistindo tanto, pois sei que ele não larga um cliente esperando nem que o prédio pegue fogo. E nem é por vocação, ele, com tanta hesitação na hora da escolha, como confessa. O sacerdócio tem muito do papai, o senso de justiça.

— Pois então fale. Não pode falar pelo telefone? Oh, *my God*, mas então é coisa grave? Sei, sei, sim. Entendo. Neste caso apareça no meu apartamento ali pelas oito, certo? Beijos. Desligo o celular e o guardo no bolso do avental, em seguida ligo para a recepcionista. Tá limpo. Às vezes uso a linguagem dos tempos de faculdade, um modo de adiar o fim da adolescência, um modo de não me permitir o envelhecimento. Existe um pouco de humor nesta fala que não é a minha. O Augusto me repreende, Você fica ridícula posando de adolescente. Só me sinto bem-humorada.

O garoto entra mexendo nos aparelhos e leva um tapa da mãe na mão esperta. Não pode bulir nas coisas, menino! Finjo-me penalizada, pois assumo com convicção meus papéis, mas bem que temo pelos estragos que o garoto possa causar. Principalmente os botões. Que atração besta, essa, toda consulta, o exercício dos dedos ligando e desligando aparelhos. Ele faz beicinho de quem vai chorar e eu, muito maternal, sento o menino sobre meus joelhos e beijo suas duas bochechas. Por fim, dou-lhe meu telefone para que tenha com que brincar.

Finalmente, usando todas as técnicas de que disponho para tais casos, consigo que a criança abra a boca, sentado na poltrona da cabine de um avião. Só então começo meu trabalho e libero os pensamentos. Que não, era conversa muito longa, impossível por telefone. O Marco Aurélio?, meu irmão sensato, com assunto impossível por telefone! Bem, talvez mistério nenhum, apenas muito tempo necessário. Mas o que pode ser? O Marco, um ser que não descarrila, falar comigo, ali pelas oito no meu apartamento.

Ainda se fosse o presunçoso do Augusto, que vive escondido em suas aventuras, é certo que haveria novidades. Mas agora, já formado, com responsabilidades de trabalho, mais calmo nos modos, um senhor sem os ímpetos que o desgovernem. Com escritório lá no centro, montado pelo papai, que lhe cedeu quase a metade de sua biblioteca, a metade que jamais consultará novamente. E além dos livros, muitos dos clientes. Esse sim, negócio de pai pra filho, porque os dois, desde a infância gloriosa e os discursos exaltados. Ah, eles. É preciso não pensar mais no meu irmão caçula para examinar os dentes que restam sem exame. Uma cárie nascendo. Não tenho outro jeito senão usar a broca, que ele tanto detesta. Dou uma pausa mais ou menos longa, distraio o diabinho jogando água em sua boca e mando que cuspa, ação que o diverte muito. Seu preferido, desde muito crianças, a gente percebe, o Marco e eu, como se dois enjeitados dando forças um ao outro contra um terceiro. Não que deteste o Augusto, como talvez convenha à lógica da vida, não detesto, esta sua precocidade, mas torna-se impossível não desenvolver predileção pelo Marco Aurélio. Uma predileção não cultivada, entretanto consciente.

Marco Aurélio

1

Ao redor da mesa, os cinco fazemos silêncio, mastigando com escasso prazer, distraídos, sem necessidade de nos olharmos para qualquer tipo de troca. Então meu pai, limpando os lábios no guardanapo, com um pigarro anuncia o início da conversa. Encara-me por baixo das sobrancelhas e pergunta, Por que a medicina?, e parece haver algum ressentimento na pergunta, porque ela me causa certo mal-estar.

Os outros todos, prestes a também limpar os lábios com os guardanapos, sentem-se desconfortáveis em suas cadeiras. Como, por quê? Por ter sofrido o abalo maior, paro de mastigar e me extravio entre pratos, travessas e terrinas, onde não encontro resposta.

No início do almoço participei à família que passei no vestibular até com bastante folga. Só a Júlia me abraça com efusão. Dos outros, nem o frouxo parabéns tão de praxe em ocasiões como esta.

Até hoje não consigo explicar com clareza por que escolhi a medicina como carreira, meio de vida – um modo de viver. Questão de *status*? Ah, não, disso não precisava, tendo como tinha em meu currículo uma paternidade invejável, o prestígio social e profissional do meu pai. No terceiro ano do Ensino Médio, era um estudante apenas bem aplicado, sem as genialidades que meus pais diariamente descobriam no Augusto para anunciar durante as refeições, um futuro de grandes cometimentos o espera. Tanto pela beleza física quanto pelo intelecto avantajado. São altissonantes estes seus elogios. Meu pai, até à mesa das refeições, julga-se na tribuna do fórum. E o vocabulário do patriarca sempre me assustou um pouco. Então chegou o último prazo e eu escrevi "medicina" no formulário, como quem faz um pedido de informação. Enfim, uma formalidade necessária. Sim, médico. O médico da casa. Apesar da pergunta com sinais de ressentimento, ninguém se opôs à minha escolha, que ainda poderia muito honrar a família. Pensando bem, como depois da inscrição para o vestibular eu pensei e pensei muitas vezes, medo de sangue não tinha, nem de mexer em feridas – os curativos –, além de ter um domínio incomum sobre o próprio corpo, se era estômago ou vinha do fígado, se era gripe ou um simples resfriado passageiro, essas trivialidades corporais todas conhecia como se já tivesse nascido com tal habilidade, um conhecimento inato. Não que fosse platônico, em cujo pensamento muitas vezes tive de esbarrar, mas às vezes chegava a crer que nasci sabendo tudo de meu corpo. Quando precisava, era só recordar. Por isso, cheguei a supor, já no fim de minha residência, que nasci para ser médico. Por que não? A verdade é que amo a profissão, que procuro desempenhar com ciência, imaginação e devotamento. Me considero muito zeloso em tudo que me liga à profissão. Um médico consciencioso. Ao deitar, e antes de dormir, costumo pensar, Sou um médico consciencioso, e isso me enche de respeito por mim.

Entre uma consulta e a seguinte. Depois das mãos lavadas com meticulosidade, sento-me atrás da mesa, atualizo uma ficha no computador e dou o sinal combinado à dona Ester. Então ouço sua voz meio rouca pronunciar o nome do próximo paciente. Inspiro um quase suspiro de movimentar o peito, estou bem na vida. Quase tudo bem. O hospital não passa ainda do papel e dos projetos guardados na última gaveta, mas continuo insistindo, e meu pai, sem muita convicção, é certo, mas já me prometeu ajuda, enquanto isso, este consultório amplo, aqui no centro da cidade, uma sala de espera com muitas cadeiras e sofás que raramente são assentos à espera de nádegas. Olho em volta com os olhos brilhando de satisfação. A porta continua aberta. Minha sala é bastante confortável. Muita gente, os conhecidos, quase todos: muito acolhedora sua sala, Dr. Marco Aurélio. Os armários, as duas cadeiras estofadas na frente da mesa, o biombo separando o ambiente para exames clínicos e a pia, os quadros nas paredes, a samambaia de metro, os tons alegres da pintura, os objetos brilhando de modernidade. Sobre a mesa, fotos lembrando a família. A Júlia me ajudou nos arranjos, ela que tem o senso da harmonia.

Levanto-me, aperto a mão do velhinho e o convido a sentar-se.

Ouço com o computador a história antiga. Ouço com paciência e doçura. Aquela mesma falta de apetite, doutor, uma vontade de não comer, o desejo de nunca estar onde deveria, este desconforto. E também a falta de memória. Tudo, tudo, doutor. Ouço, anoto enquanto vou pensando, A vida é um peso, um peso que aos poucos vai-se desejando arriar. Dou alguns conselhos, breves, os mesmos de sempre, receito algumas vitaminas, cobro novamente, e sem a menor esperança de algum resultado, as atividades físicas, cada vez menores, e a leitura, Ah, sim, seu Romão, e não esqueça as leituras. O cérebro precisa de exercício. Neste ponto, o velhinho levanta-se, pois é o fim do rito mensal conhecido. Apertamos as mãos e ousamos sorrir, sem muita vontade, mas sorrimos, mesmo sabendo que a vida é breve, e muitas vezes difícil de suportar, mesmo conhecendo de cor a comédia.

Ao sinal convencionado, em lugar de um paciente, dona Ester traz à sua frente o volume de seu ventre até minha sala. E algumas fichas que durante um tempo esteve empilhando sobre a escrivaninha. Para minha surpresa, fecha a porta, com mãos de cochicho. Não precisa de muitas explicações para que eu entenda. Em sua idade, um filho, não é como descascar laranja: os cuidados. E, depois do parto, pretende dedicar todo seu tempo ao herdeiro. Com minha idade, o doutor pode imaginar: um filho. E ela sorri como se fosse mãe há muito tempo, com a malícia adulta já, o senhor sabe como essas coisas acontecem, os pressupostos, e faz um movimento de cabeça para esconder o rosto sobre o ombro esquerdo, toda rubra e acanhada. Que o marido, o seu, já anda aporrinhando por causa de sua continuidade no serviço. Anda o quê, dona Ester? Mais rubra ainda, dona Ester responde que anda arreliando. O senhor sabe, arreliando. Me dou conta de que funcionária, além de funcionária, é membro de família, da sua, a vida para lá do serviço, o lado que se desconhece. Ela sorri e eu sorrio em resposta. Um burro puxa a carroça de duas rodas em trote seco e o sol esquenta seu lombo.

Por fim, prometo encontrar-lhe uma substituta o mais rápido possível.

Dona Ester sai da sala com passo de valsa, feliz pelo peso que a vem incomodando há várias semanas, Como será que ele vai reagir?, e de que acaba de se desvencilhar com sorrisos.

Em seguida, de trás da sua escrivaninha, onde assenta todo seu peso, diz em boa voz o nome do próximo paciente.

Augusto

1

Na segunda esquina formando ângulo reto, lembro-me do teorema de Pitágoras, mas apenas brevemente, pois tenho de passar pela frente de uma banca de revistas, todas exuberando cores, profusão, e o triângulo retângulo era branco em fundo verde, pálida lembrança. Não chego a parar porque as mortes só podem me interessar com procuração passada, como venho aprendendo a viver. Mortes de jornais, por crime ou acidente, muito difícil que venham parar em minha mesa. Também não paro à espera de que um semáforo autorize minha passagem, pois não há semáforo. Atravesso com decisão mais uma rua, chamada de transversal por discriminação, e observo com certa repugnância vários trabalhadores ainda sujos de cimento almoçando ali, de pé, ao lado das churrasqueiras de pernas abertas sobre a calçada. E fumaça com cheiro de carne assada. O vendedor anuncia o espetinho e seu preço. Há também montes de cascas na sarjeta, principalmente casca de laranja. Em poucos segundos, já estou no meio do quarteirão, em frente ao prédio do Marco Aurélio. As vozes da transversal morrem antes de chegar aqui. Pela porta de uma loja, no térreo, escorre um som decrépito, que muitas pessoas pensam ser música. A cidade é um ser em que se juntam milhares de bocas abertas e anônimas produzindo pedidos de atenção, mas se atrapalham, se confundem, e se tornam rumor. A massa de sons não permite identificação dos componentes nem distinção de significados, e onde estão todos, sem ordem, não está ninguém.

Não está aquecido, o saguão. Também não permite as festas deste vento de rachar os lábios. Bem melhor do que na calçada. Minha mão em movimento esperto encontra a embalagem da manteiga de cacau no bolso do sobretudo: um conforto. De repente, o elevador solta no térreo um povo coberto de lã, com expressão de fome e urgência. Subo sozinho, pois é hora de descer. Confiro-me no espelho, desafogo o cachecol e ajeito o nó da gravata. Gosto de impressionar meus irmãos, eles meio desleixados, com a elegância construída com meticulosidade por minha mãe enquanto eu crescia. E gostava daqueles cuidados.

Pela porta aberta, vislumbro a figura e reconheço imediatamente aquela voz com timbre de clarinete: é ela. Meu corpo entra rijo na sala como se estivesse preparado para uma festa. Dispensamo-nos as apresentações, pois é assim que acontece quando dois seres ficam imantados logo ao primeiro lampejo.

Que pena, que pena, que pena, e aperto a mão da recepcionista, que pena perder tanto tempo sem conhecer esta mulher. Sento-me para conversar, porque ela me informa que o Dr. Marco Aurélio está terminando de atender o último paciente da manhã. A voz, os olhos, o cabelo, o sorriso, o corpo, que ela exibe saindo de trás da escrivaninha para encostar a porta, tudo. Ela toda sem existência como fenômeno, apenas uma ideia da perfeição. Uma ideia se assumindo como imagem. Sento-me ainda teso com os olhos em estado de êxtase. Ela, a moça, é quem dá início à conversa para perguntar, O senhor que é o advogado? Sim, sim, sim, com escritório a três quarteirões daqui, e lhe ofereço um cartão, e com o cartão, um convite, talvez uma promessa, meu pai, nunca vi beleza maior. Me bota tonto, me cega e me hipnotiza. Que ela também, chegou a cursar um ano e teve de abandonar o curso. Que pena! E faço-a contar a história da avó que a criou, os pais falecidos quando ainda nem sabia andar. Não, lembrança nenhuma a não ser por algumas fotografias velhas, em branco e preto, que guardo na gaveta da cristaleira em meu apartamento. E a referência a um apartamento, isso também não é um convite? Não, bem longe, em bairro pobre. Com o falecimento da avó-mãe, teve de trabalhar, e assim que aqui está. Carente de proteção, é meu pensamento imediato. E minha vocação para o heroísmo arrepia os pelos de todo o corpo.

Então se abre a porta que nos separa do consultório e sai o último paciente da manhã. Que pena! O Dr. Marco Aurélio vem até a sala de espera e me carrega consigo embrulhado em roupas, depois dos abraços fraternos, com fortes palmadas nas costas, como aplausos abafados por luvas de lã.

Se tivesse agora de dizer o nome da loja onde comprei este sobretudo, teria dito com prazer na voz, pois um nome bastante conhecido de quem já esteve em Paris ou que gasta os fins de semana vendo reportagens na televisão. É o mesmo que estar lá, costumam dizer os que nunca estarão. Por isso, e por causa da marca famosa, eu prefiro não o desvestir. Qualquer pessoa pode ver que se trata de um tecido e de um corte inexistentes por aqui. A civilização não se reparte equitativamente.

Por fim, entramos os dois ainda meio abraçados na sala do Marco Aurélio, e eu não consigo disfarçar a inveja pela variedade de móveis, objetos de madeira e de metal, as aulas silenciosas sobre o corpo humano penduradas nas paredes. E a vista. O janelão apontando para a praça, árvores e arbustos, relva e flores tremendo de frio. Em dia de sol, isso aqui, hein, que deslumbre. Muito bem instalado, meu irmão, muito bem instalado. Quando penso na pobreza do meu gabinete, muito bem instalado. E os dois nos sentamos no sofá. A velha rinite alérgica, não é mesmo, Augusto?

Finalmente, depois de sondar cada canto do consultório com avidez nos olhos, e alguma inveja nas retinas, me detenho sobre a mesa, ao descobrir no meio de pesos de papel, pastas, o laptop e outros objetos, um porta-retratos de tamanho grande e, de onde estou, posso ver o sobrinho bem penteado e a Raquel. É assim, meu irmão, um ser familiar em todos os horários livres, e na mesa de trabalho as imagens dos seres amados. Talvez até possível que ele tenha casado virgem. Com sobriedade e juras, a senhora me dá licença, estou a fim de transar. Volto a examinar a foto, então, muito subitamente volta-me a lembrança da recepcionista. É uma imagem que não admite concorrências, ela só, imperiosa no meu pensamento.

Interrompo as prescrições mais do que sabidas do Dr. Marco Aurélio e com voz de confidência, E esta moça aí, nunca vi mulher tão linda. Como veio parar aqui? Meu irmão sorri um pouco sem graça, mas não atino com o sentido do sorriso. A dona Ester foi embora, doida pra ser mãe, então um anúncio no jornal. A Olívia foi a primeira a aparecer, vi que tinha desenvoltura, que me serviria e foi contratada. Mas que mulher, hein, meu irmão. Nunca vi assim de perto uma criatura tão linda.

Dobro a receita e a guardo no bolso de dentro do sobretudo. Na saída, convido meu irmão para o almoço em um restaurante logo ali no outro quarteirão e ouço o que já esperava. Sabe, a Raquel não almoça enquanto eu não chegar. Ainda no elevador, Olívia aceita o convite para o almoço. Muito melhor do que almoçarmos sozinhos, não é mesmo, Dr. Marco Aurélio? Sua voz tem uns desvios de timbre, alguma coisa que lembra fingimento. Mas ainda não tenho conhecimento bastante de sua voz para medir suas distorções.

2

Enrolo o cachecol no pescoço, contra este frio que me avaria, a forca suave, olho-me no espelho da chapeleira e ajeito o cabelo. Confiro o lenço no bolso do sobretudo, com medo de minhas narinas de bordas vermelhas, esfoladas, por onde a toda hora desce um muco aborrecido, cor de água, menos líquido do que essa, entretanto, mais viscoso, e que escorre em longos fios se não contido. O muco. Não deveria ter saído de casa, eu sei, mas tinha horário marcado para um cliente. Uma coisa que herdei de meu pai: não desmarcar qualquer encontro profissional por alguma deficiência de meu corpo, meu lindo e saudável corpo, do qual me sirvo com extremo orgulho. Assim desde a infância.

Volto até a porta de meu gabinete e aqui paro indeciso entre deixá-la aberta ou fechada. Do lado de fora, onde estou, é estranha a sala, calada como se estivesse morta, ou apenas imóvel, fingindo dormir, mas preparada para um bote. *Mors stupebit*. Uma claridade tímida desce das persianas, estende-se sobre a mesa e vai então lamber no armário as lombadas vermelhas dos livros arrumados em ordem alfabética de sobrenome do autor, os livros que meu pai mandou encadernar no melhor profissional da cidade, isso tudo parece um não-lugar, apenas um esboço do que deveria ser a sala, minha sala de trabalho. Nem o tapete felpudo cor de caramelo parece viver. Apenas o arquivo, apesar de fechado, inteiramente fechado, mantém sua aparência maliciosa de quem contém segredos e não pretende revelá-los a ninguém.

Se fecho a porta, saio com a sensação de haver enterrado um espaço que, embora bem pouco, ainda pode latejar. Aqui um mausoléu. Mas aberta, tenho de admitir uma troca com a sala de espera e sua mesa sempre desabitada. Finalmente me decido por deixar a porta fechada, na esperança de que assim esteja preservando intocado o lugar onde costumo passar a maior parte do meu dia.

E as minhas amigas vêm me dizer, O mais bonito de todos no palco, seu filho, Maria Alcinda.

No silêncio em volta da mesa, ouve-se apenas o movimento das mandíbulas mordendo a comida, todos os olhos focados em mim, que paro de mastigar para usufruir melhor o momento de glória, com minha simulada aparência de modéstia. E lhe dizem outras palavras sonoras de preencher todos os vãos possíveis da vaidade materna. É meu, o momento, quem melhor desfruta do almoço para alegria do corpo e a satisfação do espírito.

Na frente da chapeleira, eu paro, antes de apagar a luz, para ajeitar melhor o cachecol em volta do pescoço e não penso mais no enforcamento, pois me é muito agradável a sensação de calor proporcionada pelo cachecol a meu pescoço. Passeio as pontas dos dedos da mão direita pelas maçãs um pouco salientes do meu rosto, pele clara, nossas origens, aliso as sobrancelhas e ajeito o cabelo com tapinhas de carícia. Concordo com a minha mãe, que me considera um homem bonito. E elegante.

Posso ir embora.

Abro a porta para o corredor, desligo a luz e saio. Apesar do desconforto cortado imediatamente com ajuda do lenço, considero estar tudo bem, enfim, o encontro será com meu irmão, para quem telefonei há poucos minutos. Não, um resfriado à toa, mas que não está querendo passar. Então esta visita antes do almoço. Vou convidar o Marco Aurélio para almoçarmos num restaurante lá pertinho do seu prédio, sabendo, entretanto, que ele costuma fazer suas refeições com a Raquel, por quem sempre foi apaixonado.

Dez passos no corredor, ruído seco e solitário (as portas todas fechadas por causa da hora de almoço), lembro-me de que hoje pela manhã comprei, ao sair de casa, uma caixa de lenços de papel e, se não estou enganado, ela ficou ainda fechada em cima da mesa. O Armando, depois de assinar a procuração, brincou com ela nas mãos enquanto conversávamos o desnecessário, amizade antiga. Dez passos de ruído seco e solitário de volta pelo corredor. Tenho agora certeza de que está sobre a mesa. O lenço úmido no bolso do sobretudo não é só um incômodo físico, eu acho, mas um desconforto mental. Um lenço coberto de muco, sem um centímetro sequer de área seca. Até o diretor, no fim da cerimônia vem dizer, Olhe, dona Maria Alcinda, este seu filho isto, este seu filho aquilo. Assim na frente de todo mundo. Ninguém para de mastigar, mas meus dois irmãos começam a morder a comida com mais ênfase, movendo o queixo com certa brutalidade. Dois adolescentes, meus irmãos, umas crianças, mas inveja é um sentimento que desconhece idade. Também desconhece gênero, porque a Júlia bem que ouve com bastante desagrado os elogios do diretor e das amigas da mamãe, por isso cochicha para o Marco Aurélio, Se não é tudo mentira dela, não sei, não! Eu ouço e os denuncio. E os dois escondem o rosto embaixo da mesa para gozar seu riso de vingança. Uma compensação para as superioridades do caçula: as minhas. Cada bule é um continente com seus limites, verdade com que todos concordam. Quando voltam com suas cabeças para a verticalidade, posição tida como normal, ainda têm o rosto rubro de tanto conter o riso. Um continente.

Abrir a porta e acionar o comutador tem algum sentido que vai além de sua manifestação física, que o transcende por um instante como um milagre, pois um mundo repentinamente se revela. Um lugar onde. Um lugar que esteve escondido por trás de uma porta. Inexistente, portanto. O sentido pode não ser exatamente de um milagre, porque não envolve no gesto nada de sobrenatural. Mas é uma ação sem dúvida com algum caráter de poder. Assim, haja luz, e a sala de espera, com as cadeiras e o sofá, com a pequena escrivaninha e os quadros com montanhas de neve ao lado da chapeleira, repentinamente tudo passa a ter existência. Uma existência de pouca vitalidade, mas existência. Caso contrário, como seria possível ver tudo na exata configuração retida pela memória? Expulso um pigarro para ouvir-lhe o som, pois no silêncio cambaleiam pensamentos funestos.

Ao abrir a porta de meu gabinete e constatar que nada se modificou em minha ausência, tenho a certeza de que sou eu e apenas eu quem dá vida a esta sala. Que ela é minha imagem e semelhança. A claridade cor de nuvem que atravessa as persianas esmorece, apesar da hora, e consulto o relógio. Há razão para me apressar. Com a ponta do indicador auxiliado pelo polegar opositor, retiro do bolso do sobretudo o lenço úmido e o jogo no cesto do lixo. É uma operação lenta e necessária, além de me causar bastante asco. Exulto pelo fato de sermos, os humanos, tão bem protegidos de nós mesmos: de nosso interior. Asquerosas são nossas excreções, o que devolvemos como doação ao mundo. Os mucos, fezes e urinas, catarro e saliva. Estamos bem protegidos contra nossa fábrica de criar imundícies. Sem falar do vômito. Aceito, por adolescência minha, acompanhar o Marco Aurélio, que toma do melhor vinho, tudo importado. Mas ele não evita que eu exagere. Repuxo os lábios com nojo ao soltar meu lenço no cesto do lixo.

Mas então tudo que vem do interior do ser humano já vem podre?, eu penso enquanto fecho novamente a porta de meu gabinete. Não, bobagem, existe uma secreção saudável, que causa prazer e garante a continuidade da raça. Atravesso a sala de espera, olho-me de passagem no espelho, apago a luz e fecho a porta. O Marco Aurélio já tem um filho de três anos e a Júlia, que recebeu provavelmente entre suspiros e gemidos a secreção do Leonardo, não conseguiu botar no mundo o resultado de seu prazer. Desço os três andares pelo elevador por causa da hora. Normalmente, e por recomendação do meu irmão médico, subo ao escritório quase sempre pelas escadas e por elas sempre desço. Mas por causa da hora.

Pergunto se é a dona Ester, sabendo que não é, pois a voz

que me chega pelo receptor é muito mais jovem, algo melodiosa, e a dona Ester, sobretudo nos últimos tempos, vem mudando a cor de sua voz, que se torna mais grave, algo cansada e gutural. Uma voz rouca. A resposta não me surpreende. A surpresa é saber que ela largou o Marco Aurélio, com quem vinha trabalhando há mais de quatro anos. Se algum problema? Que não, escolher entre um serviço chato de recepcionista e gerar um filho dentro de si até botá-lo no mundo, isso não é propriamente um problema, não acha o senhor? Antes tivesse descido pela escada, um elevador no décimo primeiro andar, sem demonstrar a menor vontade de descer, e o outro logo ali, no quinto, parado há mais de uma hora. Aperto o botão com insistência e força como se isso fosse resolver a vinda de qualquer um dos dois. Eu sei que basta passar o dedo por cima do botão que ele brilha, indicando com sua iluminação que os mecanismos já estão acionados. Mas sem dar murros neste botão idiota, em quem mais poderia descarregar minha raiva pela demora?

Marco Aurélio

2

Aquela preferência indecorosa pelo Augusto foi visgo muito forte para a amizade entre mim e a Júlia. Em tudo unidos. Sempre: nós dois. Pelo menos, os que éramos mais irmãos. O Augusto, durante a infância e a adolescência, era nosso irmão porque do mesmo sangue, irmão sanguíneo. Apenas. Sem comunhão fraterna com nós dois, os mais velhos, empatia nenhuma.

Beirando os vinte anos, entendemo-nos em assuntos, nos encontrávamos fora da mesa de refeições. Não que a gente professasse ideias iguais, tampouco semelhantes, mas já se tornava possível alguma troca entre nós. E o Augusto, nessa época, por orgulho escondia o ciúme nutrido pela preferência clara e transparente da Júlia por mim. Só pode ser essa a causa do modo rude como tratava nossa irmã.

Mesmo superadas as ciumeiras infantis, nossos pais continuaram demonstrando a mesma preferência de sempre, e nós dois, os mais velhos, permanecemos tão unidos quanto sempre tínhamos sido.

Na hora marcada pela Júlia, eu consulto o relógio e pressiono o botão da campainha. Ouço um grito abafado pelas paredes e imagino o significado, por isso espero muito paciente de pé na frente do olho mágico. Assim imagino a organização do mundo: o cumprimento dos horários inutiliza muitas vezes este olho de vidro na porta.

— Estava na cozinha preparando o jantar — é a justificativa dada pela Júlia, que demorou uns cinco minutos para vir abrir a porta. Empurrado pelo clarão da sala, recuo um passo, mas volto para os beijos na face, um de cada lado. Minha irmã, sozinha, vive numa claridade fulgurante entre seus móveis, conhecidos de muito tempo.

Me acomodo na minha poltrona, onde sempre, e declaro que acabei de jantar. Enquanto falava, e demorava-se falando, usando mais palavras do que as necessárias, a Júlia vai pondo a mesa, um lugar para mim, pelo menos a sobremesa, exige com voz enérgica. Então ocupamos os assentos debaixo de uma luminária e a conversa é interrompida para que a Júlia se sirva.

E começamos a rir, com a lembrança dos tempos em que escondíamos o rosto para que nossos pais não percebessem o modo como nos compensávamos zombando dos elogios ao Augusto. Os dois, nossa velha cumplicidade.

— E o teu hospital, sai ou não sai?

Me encolho um pouco como reação à pergunta inesperada, pois sinto-me desconfortável em assunto tão velho e que já me causou tanto sonho, expectativas, mas também uma imensa frustração. A esperança é uma fruta que nasce, amadurece, mas com o tempo apodrece. A Júlia ri da figura usada por mim, eu, tão avesso a uma linguagem mais poética. Me dá prazer observá-la no consumo gracioso de seu jantar, ela com sua cabeça de Joana d'Arc, por isso hesito antes de prosseguir com minhas explicações.

— Sabe, todos os projetos aprovados há mais de dois anos. Tenho a papelada toda numa pasta lá no consultório. Menos o projeto financeiro. Muito difícil o financiamento, e o papai, que poderia me dar uma força, finge que o assunto não é com ele.

Vendo que eu não me desencolho, meu ânimo cada vez mais agachado, ela muda bruscamente de assunto, perguntando por minha família. Sou assim, ela sabe, o mundo vai pouco além da Raquel e do Ronaldo. Minha mãe costuma dizer que tenho um sentido familiar bastante agudo. A Júlia está quase no centro do círculo, minha irmã, com quem posso zombar dos exageros dos nossos pais, a quem mantenho na periferia de minhas afeições. Culpa é um sentimento muito cristão, não vejo por que deveria estimá-los mais do que eles me estimam. Não me sinto culpado.

Então, até a hora da sobremesa ponho-me a falar com entusiasmo da Raquel e dos sucessos do Ronaldo. Nunca vi uma inteligência como a dele. Faz coisas em que ninguém acredita! Esta minha disposição a Júlia já conhece, por isso fica me olhando por baixo, este ar de sorriso malicioso. E sei que ela vai repetir que os pais são verdadeiras corujas. Ela, que não cumpriu a maternidade, acha que todos exageram ao falar de filhos.

— Os pais, Marco Aurélio, são todos um bando de corujas, assim como você. E olha que sou especialista no assunto – lido com eles todos os dias. Eles e seus filhos geniais.

Eis-me um pai. Enquanto falo com entusiasmo na exaltação das virtudes do Ronaldo, e mesmo mastigando, a Júlia mantém um sorriso ambíguo: aprovação para os sucessos do sobrinho, desdém por meu entusiasmo, e desprezo por Leonardo, que não lhe deu o privilégio da maternidade. Conheço esta minha irmã.

Para a sobremesa, eu me ajeito melhor na cadeira e, esmagando o pudim entre a língua e o céu da boca, olho em volta com prazer, então fecho os olhos para o gozo completo da baunilha adocicada. A companhia da Júlia sempre foi agradável. É bom estar perto dela. Sua voz grave, uma voz sem pressa, acaricia meus nervos, me deixa relaxado. Por isso calo, embalado na conversa da Júlia, que me conta alguns incidentes de seu consultório. As mães, meu irmão, muito mais do que os filhos, elas sim é que são problemáticas. No apartamento da Júlia é tudo suave. As cortinas cor de palha, os móveis silenciosos, a música em volume tal que não atrapalhe a conversa.

Mas a sobremesa termina.

E rimos, nós dois, como rimos, quando a Júlia inventa de imitar nossa mãe, o semblante luminoso e a voz melodiosa de tanto orgulho, nos elogios do Augusto. Ao fim de tanto riso, cansados, quase chorando com lágrimas de alegria, a Júlia me convida para a cozinha. Um cafezinho, ela diz. Alego o tempo curto, as pessoas em casa, mas ela insiste, que uma cafeteira nova, pelo menos para conhecer. E é só apertar um botão. Eu não conhecia e olho fascinado para a novidade.

— Pronto, tá vendo?

Então, depois de servidos, fazemos o silêncio longo e necessário como desembreagem da conversa, preparando-nos para um novo assunto. Aproveito o silêncio para olhar em volta e pensar mas isso aqui nem parece uma cozinha: a limpeza, a decoração – cortinas com rendas, panos pintados nas paredes, objetos tecnológicos nos armários, a disposição dos móveis. Chego a mover os lábios para declarar isso tudo a ela, mas lembro-me a tempo de que muitas outras vezes já falei de minha admiração. E calo. Foi ela quem decorou meu consultório. E vejo os dois, o burro puxando e o velho dentro da carroça como se estivessem carregando o sol para algum lugar do mundo.

A Júlia é quem por fim provoca o assunto principal.

— Bem, mas você disse que não podia falar por telefone. Qual é o problema, meu irmão?

— O Augusto – depois de um pigarro seco.

— Ih, sempre o Augusto, ainda ele!

— Pois é.

Novo silêncio, desta vez mais prolongado ainda, pois é preciso organizar as ideias.

Augusto

3

No saguão, grupos de pessoas conversam agasalhadas antes de enfrentar o friozinho do vento fino que rasteja debaixo deste sol impotente, sem noção da hora. As pessoas se assoam com estrépito, como eu. Um barulho irritado, mas comum, ninguém lhe dá a mínima atenção. A grande porta fechada consente à visão apenas um mundo de pequena claridade cheio de gente caminhando com pressa na calçada por causa do frio que lhes sobe pelas pernas instigando-lhes a fome.

Atravesso o saguão e abro a porta de vidro, o suficiente para que meu corpo se esgueire para o mundo hostil na calçada. Ao cair no meio da multidão movediça, por alguns segundos sinto-me apenas um homem caminhando, entre tantos outros caminhando, como se de uma hora para outra me tornasse anônimo. Anônimo para mim mesmo. Mais um anônimo caminhando apressado na calçada em manhã quase meio-dia, sol avaro, e um frio descendo pelos postes, pelas árvores, castigo pelos muitos pecados do mundo. *Qui tollis peccata mundi.* Subo meio palmo da manga do sobretudo e examino a cara antipática do relógio. Vou chegar a tempo, porque são apenas três quarteirões. *Peccata mundi.* Fauré tinha uma visão poética da morte? Sem agonia, sem angústia e sem medo. Talvez sem culpa, que é o modo de entender poeticamente a vida. A morte, o fim. A partida em uma nuvem branca. Era assim o Réquiem ouvido ontem, com solistas franceses e um maestro parece que austríaco. Então o frio. Vencidos os primeiros dez passos, lembro-me de que um anel de grau em meu dedo é minha distinção. Longe de ser apenas um transeunte anônimo, mais um homem caminhando com passo duro, singrando com a cabeça erguida o ar úmido e frio, castigo pelos muitos pecados do mundo. O anel de grau no dedo que levo no bolso do sobretudo. Presente do papai, na cerimônia de formatura. E os milhares de abraços. Agora estou livre para não invejar a profissão de ninguém. Só por isso uso o rubi no dedo. Ele é vermelho e aquece meu sangue. Presente dele depois de muitos anos em seu dedo.

Parado na esquina, espero a passagem de um carro preto que passa lento, fingindo-se majestoso e, para distrair meu pensamento, descubro que esta, como a maioria das esquinas desta cidade, forma ângulo de noventa graus. O ser humano prefere as formas geométricas regulares, é uma descoberta que me dá prazer, não pelo objeto em si, mas pelo ato de descobrir, porque em sua cegueira e sem as formas previsíveis, ele pode sair por aí atropelando paredes, trombando com postes. Do alto de um prédio despenca uma bola de papel onde nada se lê. Não é uma mensagem que alguém tente fazer chegar até mim. Mas se todo gesto tem um significado, então, vamos, diga, o que pode significar uma bola de papel senão servir de suporte para alguma mensagem? O acaso existe? Um casal de jovens passa por mim suportando o frio e estranha o fato de um homem ficar na esquina à espera de que se afaste o carro preto que passa lento com alguma majestade. Atravessam a rua olhando e rindo para mim, sem saber que sou o Dr. Augusto, título atestado por um anel que eles nem chegam a perceber. Minhas pernas se movem mecanicamente atrás de outras pessoas que atravessam a rua cortando-a em sentido vertical. Que é uma figura geométrica regular. Dou passos ao alcance de meus pés, com sapatos de cromo alemão. Cinco passos depois de haver zarpado da guia, ameaço parar para ouvir muitas vozes do passado. Mas não paro. Sim, Montesquieu. É sabido isso, que o único da classe a ter lido a obra completa de Montesquieu. Principalmente *O espírito das leis* e *Cartas persas*. A metáfora dos trogloditas, eu uso para entender e explicar a vida do homem em sociedade, e tal conhecimento me cumula da admiração alheia e me aumenta o prestígio junto aos colegas de turma. Relato meus sucessos durante o almoço para encher meus irmãos de inveja. Eles se cutucam com pés maliciosos por baixo da mesa, de vez em quando eu vejo. *Peccata mundi*. Depois eles começam a nos abandonar. Primeiro, o Marco Aurélio, pouco depois a Júlia. Sem nossas picuinhas e a pressão das rivalidades, as refeições vão perdendo a graça. Mas vêm atravessando outras pessoas em sentido contrário, e eu, para evitar trombadas, tenho de me desviar completamente extraviado dos pensamentos que, em revoada, somem para o alto, na direção do topo dos edifícios. Uma perda. Se não existe acaso, devo acreditar no destino? Nego as duas alternativas, eu digo espantado para espanto dos colegas. Alguém dá um tapa na tampa da mesa e os copos estremecem. Impossível, grita o dono do tapa. Ou um ou outro, ele me joga no rosto com certa fúria com cheiro de cevada. Nem um nem outro, respondo com fúria maior ainda. Quase trombo com uma velhinha mais lenta do que eu. Ela me olha com chispas nos olhos crescidos e tenho de pedir desculpas. Ela segue seu caminho resmungando, provavelmente sem me desculpar, por ver em minha juventude uma ofensa à sua idade.

O primeiro passo na calçada oposta me convence de haver perdido alguma coisa no caminho. Mas o relógio. Então prossigo expressando minha pressa com passos de minhas pernas, enquanto mantenho o peito um pouco estufado, pois sinto-me um tanto heroico por ter abandonado algo importante no meio da rua sem olhar para trás: despojado. Assim como queimar os barcos e embrenhar-se na floresta para plantar uma nova civilização. Que não é pouca coisa. Despojamento. E a calçada, que indica o caminho reto a seguir, assim como toda a cidade, mantém-se em sombra fria. Então lembro-me de usar o lenço de papel, que trago preventivamente no bolso direito do sobretudo. *Qui tollis.* Por não ser religioso, não acredito em *peccata mundi*, apesar de cantarolar a frase com a displicência de quem cantarola uma frase apenas como suporte vocal para a melodia. As músicas se embaralham estranhamente, entranhada uma na outra, e me lembro do Réquiem do Boccherini, o Luigi. O seu encantador *Agnus Dei*. E sigo meu caminho cantando mentalmente o *Agnus Dei qui tollis peccata mundi*. É sempre um modo de não sentir frio. Nesta esquina não há farol, e a música me impele para a frente. Jogo o lenço de papel tornado imundo no cesto metálico de lixo atrelado a um poste.

Feliz por poder sentir-me um cidadão civilizado. De algumas atitudes minhas sinto-me orgulhoso.

Caminhando no meio de toda esta gente indo e vindo sem algum sentido aparente, talvez até inconscientes de estarem indo e vindo, pois a vida nunca está além, ela está sempre sobre os pés que andam, eu sei ser o portador de um anel de grau, o que me diferencia, uma identidade, mas distinção que só eu conheço. Não faço parte da multidão, e, se caminho ao lado das pessoas é por mera questão de caminho mais curto. Entre dois pontos. Uma questão geográfica. Os discursos são sempre aplaudidos, nisso não podia levar grande vantagem. Mesmo assim, meu discurso levanta a plateia e cobra muitos vivas de meus companheiros. Até que a festa do anel. Meu pai, *honoris causa*, e a penetração do dedo à beira de um orgasmo. Por fim o abraço, o corpo cingido pelos braços fortes do papai. Mãe, irmãos e amigos, nesta ordem os parabéns. Depois o baile. Bem, mas o baile já é outra história.

Lojas, bancos e escritórios: o povo na rua, o povo tendo como único pensamento a hora de sentar à mesa de um restaurante praticamente lotado e pedir o prato ao garçom. Satisfeita a necessidade de matéria, o que é mais que você quer? Alguns até dizem com a testa enrugada, um ar muito intelectual, Eu e minha família estando bem, quero que o mundo se foda. E as conversas em voz alta no caminho do pasto, por causa da previsão de um corpo bem satisfeito. Ah, sim, e um refrigerante. Todos eles tão parecidos como galinhas-d'angola. Ainda assim contentes porque no restaurante no mesmo quarteirão do escritório o serviço é muito bom e a comida, melhor do que a que eu tenho em casa. A vida em sociedade. Montesquieu criou Usbeck, um observador persa dos costumes franceses. Eu me esparramo pelos arredores em observações: nossos costumes. Poderíamos almoçar juntos. Vou convidar o Marco Aurélio, apesar de conhecer seus hábitos: só almoça em casa com a Raquel. Um conservador, meu irmão mais velho. Desde sempre.

Marco Aurélio

3

Encerrar o expediente é quase sempre um ato melancólico: mais um dia que se acaba sem que nada de extraordinário tenha acontecido. O ramerrão dos dias vazios dificulta a respiração, e a vida não cessa de se aproximar da faixa de chegada. E o velho apenas sacudia as rédeas no lombo do burro, negando-se a chicoteá-lo para não parecer que entre os dois houvesse uma relação de autoridade. E estralava a língua no céu da boca nos aclives porque era necessário manter o andamento, e o burro, movido por músculos sem nenhuma pressa, tentava reduzir o ritmo de seu trote.

De bolsa a tiracolo, a Olívia chega à porta aberta depois do último cliente e pergunta a mesma pergunta de todos os fins de expediente, se o doutor ainda precisa de mais alguma coisa. Isso me faz lembrar que todas as perguntas são a mesma pergunta, o que pode variar são as respostas. É o início do outono, mas as borrascas de verão ainda castigam a cidade como uma irritação. Estou registrando alguns dados no *laptop*, que fecho imediatamente. Desço junto, digo a ela, enquanto tiro o avental. É uma hora em que o elevador demora muito, pois já vem lotado dos últimos andares.

Entre nós, as relações hierárquicas não estão ainda bem definidas, mesmo assim, é doutor por isso, doutor por aquilo, e, como resposta, é dona por isso e dona por aquilo. O médico e a recepcionista. Evidentemente eu já estou convencido de que se trata de uma moça cuja beleza pode ser muito perigosa, mas considero-me imune às tentações da carne. O prazer estético não desce às virilhas, é a contemplação desinteressada.

Descemos pelo elevador, amontoados na exiguidade. Numa posição que, em princípio, é muito incômoda, pois um tem de respirar o mesmo ar já um pouco gasto pelo outro. E isso, é óbvio, cria uma espécie perigosa de conexão. Algumas pessoas descem rindo de forma estreita no pequeno espaço que lhes toca, provavelmente por se tratar de fim de expediente. Alguém afirma que só falta o óleo para sermos sardinhas enlatadas e, no meio do riso geral, a Olívia e eu temos de nos olhar, um nos olhos do outro, para que nos entendamos. Assim de tão perto, respirando o mesmo ar, sinto a melodia de seu rosto o que me causa uma tontura próxima da vertigem, pois não há espaço para que eu desvie o olhar. Pelo menos é o que suponho.

Difícil o desembarque no saguão, onde se aglomera o povo do prédio, impossibilitado de sair à rua por causa do vento forte e das enxurradas. Até perigoso, dizem alguns, os que não sabem nadar.

A notícia veio de fora, nas pernas de calça arregaçada de

um estudante que entrou molhado dizendo, Perdi a aula. Pediu abrigo e recolheu-se com os demais que se amontoam no saguão. Deu no rádio, ele diz com potência jovem: vai levar uma hora ou mais para que a água baixe. Pela primeira vez seguro o braço da minha recepcionista e convido, Vamos esperar no consultório? Os elevadores começam a subir apinhados, e muitas salas saem da escuridão.

É uma situação estranha, pois o expediente já está encerrado, não havendo, portanto, assunto para nos mantermos em companhia sem algum constrangimento. As relações humanas, pelo menos as que dão maior liga, são as profissionais; mais frias, porque formais, do que estas outras, a que a gente chama de relações pessoais, as que escarafuncham geralmente as intimidades, e procuram afetar ou ser afetadas. Querendo demonstrar que não está mais aqui o médico com seus conhecimentos e os poderes de mexer com a vida alheia, mas um homem, simplesmente, convido a Olívia a sentar-se no sofá da minha sala, onde recebo amigos, e inicio a conversação perguntando estas coisas banais que tão somente servem para manter o canal em funcionamento. Nada além do que tinha perguntado na entrevista funcional.

Então acontece que a minha mão roça por acaso no braço da Olívia, que não se afasta assustada, como eu suporia normal, e esperava que fosse acontecer. Surpreso, sinto que minha pulsação galopa intranquila. Algumas distrações mais, aliso acintosamente seu braço, e ela me encara trêmula e ofegante. Não posso, eu penso, não posso, isto está errado, é muito perigoso, não sou nenhum garoto inexperiente que é capaz de se destroçar numa aventura. Não posso. Mas pensando que não podia, assim mesmo acontece o primeiro beijo, longo furioso, com nós dois fungando por falta de ar. Quem comanda a uma altura dessas as próprias mãos? Algumas peças de roupa começam a saltar para o chão, e agora o resto do mundo deixa de existir.

Ao escorregar para o carpete e sentir suas felpas na pele, as felpas frias, começo a sentir o tormento do remorso. O cheiro intenso dos corpos saciados me acusa de haver botado tudo a perder. E tudo, na forma vaga como me vem à mente, é pouco mais do que uma palavra vazia, mas ameaçando desencadear tragédias incontroláveis. Tenho um filho em casa, e uma esposa à minha espera. E se os perder? Como vou poder encarar os parentes, de quem tenho a confiança mais absoluta? E os amigos, de cujo conceito recebo o ar puro da minha respiração? E a Olívia, a partir de agora, não vai querer ocupar lugares que não são seus com ameaças de suborno? Fui muito ingênuo ao me entregar inconsciente a um desejo incontrolado. Como se fosse um adolescente. Sinto vontade de chorar, mas camuflo a vontade pretextando a urgência de me lavar.

Sentado no vaso, meus apetrechos cobertos da espuma do sabonete sou assim purificado? Sei que não. Sei muito bem que não. Não é o corpo que necessita de ser higienizado. Esfrego a bucha com violência nas coxas, nas virilhas, não vá carregar algum indício exterior. A ardência da fricção, ela me faz bem, me alivia um tanto do sentimento de culpa. A dor me indeniza a consciência. Preciso atingir com fúria selvagem a matéria, minha casca, para me aliviar o interior. Pode ser um pensamento cínico, talvez inócuo, não importa, pelo menos no momento me serve.

Corpo enxuto, finalmente, de volta à minha sala, com estes móveis com seus objetos cheios de olhos que sempre me viram de terno e gravata, volto a me sentir culpado. Começando a sentir frio, Olívia corre para o banheiro, e abaixo a cabeça para não ver mais sua nudez.

Completamente vestido, sento-me na cadeira que ocupo durante as consultas. Olho para as mãos e só com algum esforço as reconheço. À distância de um braço, a Raquel e o Ronaldo, presos na moldura, sorriem para mim, muito crédulos: minha família. Com gesto brusco viro os dois de costas para mim. Sinto-me envergonhado e me levanto, encaminhando-me na direção da janela. A chuva e o vento já pararam, pelo menos sua fase de raiva, e a rua não está mais alagada. É isso, claro, a culpa foi da natureza, e contra os fenômenos naturais não há força humana que resista. Não é uma solução total para meu remorso, mas um pensamento reconfortante, um pensamento que me inocenta, pelo menos parcialmente, de minha traição. Quando o agente é a natureza, não existe culpa, porque ela é amoral.

Mas agora, de terno e gravata, o que pensar de tudo isso? Como pode nossa casca impor-nos suas verdades? Sentado novamente em minha cadeira de ouvir as queixas contra a carne fraca, ou estragada, o lugar exige que não pense, porque é o lugar em que exerço uma função de ser humano e social, o lugar inatingível, a essência das coisas. Então permiti num descuido que o corpo sentisse em condição animal, e o resultado foi uma satisfação que se aproxima perigosamente do orgulho, a satisfação de minha masculinidade há bastante tempo atenuada pelo costume.

A Olívia aparece já vestida, maquiada, penteada e tudo mais, e acordo para uma noite de chuvarada em que, enfraquecido por elementos da natureza, não consegui manter uma conduta virtuosa. Sinto ainda uma pequena tontura, estou confuso. Por sorte, me ocorre agora, enquanto abandonamos a sala à iluminação pública que dança nas paredes, por sorte não sou religioso e não me atormenta a ideia de pecado. Julgo-me em falta por considerações sociais e éticas. A Raquel não merece qualquer infidelidade de minha parte. Por isso, agora eu juro que foi só essa vez, e mesmo assim, por culpa da natureza, que às vezes é mãe, mas sempre pode ser madrasta. Jamais vou repetir a mesma leviandade.

Enfim, no elevador, entre tantos outros retardatários, escondo os olhos em um cartaz, pois as acusações atravessam o ar estreito como flechas que partem de olhares acesos e inteligentes. Olhares devassadores.

4

No corredor, em frente à porta da sala 504, o consultório, há duas pessoas plantadas sobre pés cansados, com o corpo em espera impaciente. Estou quinze minutos atrasado, como de costume, (o tempo de a Olívia abrir e iluminar a sala de espera e botar ordem nas fichas dos clientes). Só quinze minutos, mas há duas pessoas esperando de pé no corredor, para quem o tempo é caldo grosso e quente que não flui, ou flui com dificuldade. Sou obrigado a cumprimentá-las com olhos disfarçados na busca da chave, porque as pessoas, com suas idades, têm acusações no semblante tenso. Bom dia, foi o que conseguiram dizer meus lábios quase fechados. E eles responderam com clareza, duramente. Como se a ladeira a ladeira a ladeira. Como se na ladeira o burro estivesse a pique de desistir.

Por fim encontrada entre outras tantas, a chave da sala,

empurro a porta e espero parado que o bafo escuro e morno se dilua, enxotado por melhores ares que transitam pelo corredor. Convido os pacientes a entrar, pego com alguma raiva a agenda das consultas e fecho-me na minha sala, sozinho. E este suor, agora, fora de hora?

As mãos devidamente lavadas e o corpo coberto pelo avental branco, vou até o balcão da recepcionista e pego a pilha de fichas dos pacientes do dia. Pilha de fichas, talvez todas do dia, provavelmente em ordem de horário. Peço ao Geraldo Martins, o primeiro do dia, que me acompanhe. Mas que diabo pode estar acontecendo?

Pressão, batimento cardíaco, auscultação, tudo feito maquinalmente. É a primeira vez que a recepcionista atrasa. Levanto-me e vou abrir as janelas. O ar continua morno, com suave cheiro de coisa velha. Volto ao meu lugar e só então me lembro de perguntar ao paciente o que está sentindo. Seu Geraldo Martins afasta-se para que eu possa ver seus pés inchados. Leio as anotações das últimas consultas do velho: hipertenso. Faço algumas perguntas nem sempre muito pertinentes e passo-lhe a receita de um diurético. Um diurético, o mesmo cujo nome está em uma de suas anotações, sem muita convicção, mas que diabo anda acontecendo?

Acabei de verificar a pressão de seu Geraldo e não me lembro do resultado, que preciso anotar. Catorze por oito?, pergunto de modo distraído, como se estivesse falando sozinho. Por nove, ele responde e sacudo a cabeça, é, é isso mesmo. Mas estes pés inchados. E ele se levanta com a receita na mão.

Ainda finjo não entender o que anda acontecendo. Então, quando entro na sala a dona Etelvina abanando-se, porque este ar, doutor, é seu pensamento mais visível, se bem que apenas implícito, o telefone toca, o telefone da minha mesa e, pedindo licença, vou atender. Sim, a primeira quarta-feira de março, nove da manhã, sim, dona Teresa, sim, o Dr. Marco Aurélio. Ah, hoje faço de tudo. Desligo o telefone e começam as perguntas de praxe sem muita atenção para as respostas. Bem que já vinha temendo o futuro como suposição perigosa. Deveria ter parado depois da primeira vez. Melhor, deveria ter parado antes da primeira vez. Porque a Olívia, a Olívia, a Olívia é uma mulher. Deveria ter evitado. Agora pago? Bom pagar e diminuir o peso. Mas e se essa Olívia?

Volto à sala de espera e há um casal com um filho, além de mais três pessoas. O suor na minha testa pode ser apenas o esquecimento de ligar o ar-condicionado, o que faço enquanto chamo o próximo paciente. Sinto-me examinado com curiosidade, por isso evito demorar-me debaixo de expressões de hostilidade. Olhando o relógio, descubro que o atraso se estendera mas não muito. Nem meia hora. E isso, apesar de estar sozinho para atender ao telefone, chamar os pacientes na sala de espera, escolher as fichas, anotar os códigos nos pedidos de exames, abrir as janelas, ligar o ar-condicionado, sentir uma dor, uma espécie de pressão, na nuca por causa do remorso.

Entre anotações, perguntas, e procedimentos mecânicos, meus olhos permanecem embaçados pelo remorso.

Já passa das dez horas quando finalmente reconheço a voz da recepcionista, um pouco empastada, ela, que tem boa articulação. Como se ainda estivesse comendo doce de leite. Uma voz completamente noturna. Que uma tia passando mal. Uma tia até então inexistente. O sangue da raiva escandaliza a paciente sentada quieta à espera de ser atendida. Estranho, este Dr. Marco Aurélio, em geral tão atencioso. Não recoloco o fone em seu lugar: bato-o em busca de alívio, imaginando espancar, assim, o rosto da Olívia. E ela, sem o menor pudor, que só no dia seguinte. Ela que espere, me surpreendo falando. Como, doutor?

E a consulta finalmente começa.

5

Arrependimento e remorso, que no início das minhas novas transações me tiraram muitas noites de sono, perderam o ímpeto e só uma vez por semana eram renovados, mas com intensidade a cada dia menor, como uma cicatrização lenta e contínua. A moralidade, um agregado social, não tinha força suficiente para suplantar os apelos do corpo, matéria fremente e individual, que eu ia descobrindo fascinado, mas em completo estado de confusão. Já não desenrolava mais os fios de um novelo escuro onde se embaralhavam meus valores.

Quintas-feiras. Reuniões da Associação e, em casa, minhas queixas: os encargos assumidos, sua inutilidade, Por que fui me meter nisso? Talvez um dia eu largue, minha resposta. De segunda a quinta, as manobras excitantes da Olívia, seus olhares, os beijos no ar, os dedos presos por baixo do envelope. Não que aquilo agradasse minha consciência, minhas noções de fidelidade e de probidade com todos os limites que me impunham. O corpo é que não me permitia repelir os mil jeitos de que a Olívia dispunha para que arrependimentos e remorsos fossem aos poucos sendo atenuados: o sono da minha consciência.

O último paciente se despede, passa pela recepção para que a Olívia anote os códigos de alguns exames. Então consulto o relógio: uma hora mais ou menos de tempo disponível. É quinta-feira. Com músculos tensos, os músculos dos braços, desvisto o avental, tiro a gravata e começo a desabotoar os botões da camisa.

Ao ouvir o ruído da porta sendo fechada, paro ao lado da mesa acometido por uma tontura conhecida: o corpo todo retesado, com toda sua aparelhagem em tão grande prontidão que é preciso me sentar no sofá.

Olívia entra na minha sala arrancando a saia e a calcinha com fúria. A blusa não atrapalha: eu sempre digo que não temos muito tempo. Suas mãos astuciosas me ajudam a completar o desnudamento. E o sofá geme sob o nosso peso. Todos nós gememos.

Vamos terminar, por fim, nossos resfôlegos, nas felpas frias do carpete. Durante uns bons minutos, estendidos um ao lado do outro, ocupamo-nos de pensamentos próprios, sem a menor troca, pois nada há em comum nos sentimentos com os quais chegamos ao termo de mais esta transação sexual. É por esta sensação de uma pequena morte que troco a paz doméstica, esqueço todos os projetos, ouso destruir meu futuro.

Olívia é quem se levanta primeiro, alegando a necessidade de se livrar no banheiro do esperma que lhe escorre pelas pernas. Não chega a fechar a porta, pejo dela?, e o telefone toca. Minhas sobrancelhas erguem-se assustadas e, com meus olhos muito abertos, sem piscar, quero ouvir a totalidade da situação, e me resolvo, entretanto, a não atender. Ao mesmo tempo meu aparelho sexual murcha, em fuga o sangue todo que o entesara. Mas quem pode ser a uma hora dessas?

Meu corpo a tremer, meu corpo nu, com medo e frio, formo noção, confusa noção, dos riscos pelos quais ando passando. Além do mais, a Olívia já anda sugerindo jantares e saídas mais sociais, como ela vem reivindicando. Saídas mais sociais. Sou idiota, tenho cara de idiota? Não só tenho recusado qualquer avanço nesta relação iníqua, como venho pensando em abandonar definitivamente esta aventura. Meus valores, mas então! Meus ricos valores erigidos em pedestal de medo? Na ladeira íngreme, o burro diminuiu o ritmo de seus passos apesar dos gritos de incitamento do velho.

O telefone insiste com sua voz irritante, mas não com exagero. Ao voltar do banheiro, a Olívia quer saber, Mas quem pode ser a essa hora?, e, retesados apenas os músculos do rosto, respondo sem convicção, pois também não suponho quem poderia ser. Mas desconfio, e, só pela desconfiança, sinto-me despenhadeiro a baixo. A vida familiar que venho construindo, os projetos de um hospital só meu, a consideração de todos. Meus valores pelo ralo?!

— Alguém. Não sei.

Estou sentado no carpete e me levanto rapidamente para me lavar. O chuveirinho poderá ser meu instrumento de libertação? E o ruído da água jorrada contra minhas coxas, saco e pênis, é o ruído restaurador de toda pureza. Despejo sabonete em abundância na mão e escondo a carne fraca com muita espuma. Branca.

Vestimo-nos, os dois, e, no corredor, retenho por um momento a recepcionista, segurando-a pelo braço.

— Preste bem atenção, essa foi a última vez. Está errado. Isso tudo que vem acontecendo é um erro muito grande.

A recepcionista não responde, nem move qualquer músculo do rosto. Está, quero crer, certa de seus poderes e não acredita em última vez. Sacode a cabeça concordando e adivinho na expressão de seu rosto o desprezo pelo medo em que tenho vivido. Seus olhos grandes e escuros estão sorrindo.

6

Solene como um bispo entro na sala de espera. Estou quinze minutos atrasado, como sempre. Tenho a impressão de que há duas pessoas me olhando, além da recepcionista, de trás de sua mesa. O ambiente é limpo e seco, isolado de qualquer claridade natural. Mesmo o ar fresco deste início de outono é encanado pelos corredores, conduzido, mesmo assim invisível. O Ronaldo fez manha querendo que eu ficasse em casa brincando com ele. Me aproximo da mesa da recepcionista, me inclino para aproximar meus lábios de seu ouvido, e intimo em voz quase um sopro, Venha até minha sala.

Velho o burro, velho e burro sobem a ladeira a passo lento, os músculos retesados. Viro as costas e me afasto na direção da minha sala. Sem as gentilezas do costume: ouço atrás de mim o toc-toc do salto alto da minha recepcionista. Abro a porta e paro na esperança de encontrar seu desleixo escancarado em algum desarranjo. Nas minhas costas, muito próxima, ouço o ruído de sua respiração, que parece um pouco descompassada. Chego a sentir o calor do seu corpo, tão perto ela parou. Examino com olhar exageradamente minucioso a sala, que, para minha decepção, não tem detalhe algum descuidado, objeto nenhum fora de lugar. Minha sala, contudo, mesmo com as janelas abertas e as cortinas em coreografia de improviso, tem um ar de severidade que me agrada.

Atrás do biombo (deixo de propósito a recepcionista esperando de pé), tiro o paletó e me protejo com o guarda-pó, com o qual assumo minha condição de soberano aqui neste espaço. Com dois pigarros desnecessários, apareço novamente e, sem olhar para os lados, ocupo meu lugar. Sinto que estou com os ombros presos, cheio de gestos falsos. Mesmo assim, ergo o olhar até a altura do rosto da minha recepcionista, que está de pé, e não consigo evitar uma pausa dramática, tentando fazê-la desviar os olhos de mim, mas ela está convencida de que vai me dobrar.

O sorriso malicioso da Olívia, enquanto me encara, me faz as mãos e a testa encharcarem de suor. Não conheço esta mulher. Fui tolo, muito infantil, pois não sei de que ela é capaz. Ela me intimida, convencida, talvez, de que dispõe de armas imbatíveis. Ela deve me conhecer melhor do que eu a conheço. Me sinto em desvantagem: tenho esposa e um filho – minha família. E ela, o que tem? A necessidade de preservação torna-se uma fraqueza: flanco vulnerável. E se ela, meu Deus, se ela!.

Ver o mundo coberto de cerração me deixa em pânico. As ideias se cruzam num bombardeio tenebroso.

Finalmente venço esta paralisia que me atinge o corpo e a mente e falo com voz abafada, mas inteiramente profissional,

A senhorita quer fazer o favor de fechar a porta e as janelas?, e percebo que a surpresa do meu pedido a perturba por um momento, pois ela pisca rápido e titubeia antes de se afastar na direção das janelas. Me parece, agora, que a gravidade da minha voz e a expressão de meu rosto, lança em riste, abalaram sua segurança. Enquanto ela se dirige para a porta com seu passo de valsa, sei que estou com o domínio da situação.

Isolados do sol, que trazia o mundo para esta sala, e sem a sala de espera por testemunha, somos nós dois, o médico e sua recepcionista. Agora me sinto melhor. Mas me incomoda ela parada na minha frente, eu sentado e ela de pé. Em sua atitude ainda há alguns traços de desafio bastante desagradáveis. Seus lábios me ameaçam de um sorriso escarninho – um leve movimento de sua testa, os olhos mais abertos que o normal. E as mãos. O que pretende ela com estes dedos cruzados como se estivessem amparando o estômago? Será isso uma espécie de ameaça? A umidade das minhas mãos me provoca um mal-estar insuportável e tenho de usar um lenço de papel. A Olívia desabrocha um sorriso maligno no rosto. Terá entendido como um gesto de fraqueza?

Preciso terminar logo com isso.

— Escuta aqui, dona Olívia, eu não posso ficar sozinho fazendo o meu e o seu serviço. Então, vamos combinar uma coisa: essa foi a última vez que a senhora inventa uma tia passando mal. Na próxima, será demitida.

Ela ergue as sobrancelhas e aponta o queixo para frente. Seu ar não é de alguém que acaba de se intimidar.

— O senhor está me ameaçando?

— Não, estou só avisando.

— Seu aviso é uma ameaça?

— Se quiser entender assim, é sim, uma ameaça.

Com uma ousadia que não posso aceitar, a recepcionista coloca as duas mãos espalmadas no tampo da mesa, e, inclinada, o rosto próximo do meu, fala mordendo as palavras, calma, muito segura:

— O senhor, Dr. Marco Aurélio, procure outra funcionária porque estou me despedindo.

Endireita o corpo, busto saliente, atlético, e se despede. Ela está sempre na passarela: seu andar.

Espero até ouvir a batida da porta para o corredor, então chamo Antônio de Oliveira Andrade. E espero dominando a tremura das mãos, respirando forte, com ruído.

Já sei que será outro dia difícil, daqueles que parecem nunca mais terminar. Ligo para casa e peço à Raquel que me ponha um anúncio no jornal. Ah, depois te explico. Sim, uma recepcionista. O mesmo anúncio de tempos atrás. Minha explicação terá caminhos escorregadios, preciso pensar bem no que vou dizer. Escorregadios. Deve ter recebido proposta de salário melhor. Pois não, bom dia. Sente, por gentileza. Um dia como este vai espichar até uma noite do nunca mais. Mas então, seu Antônio, como o senhor se sente?

Augusto

4

Não sei se guardo o carro num estacionamento ou se deixo aqui na frente do prédio. Que besteira a minha, num bairro como este não existe estacionamento. As pessoas largam na rua mesmo suas latas velhas. Elas não pegam preço no mercado informal do carro roubado. Eu, com esta máquina aqui, é que tenho de ficar de olho. Tenho a impressão de que não é todo dia que aparece por estes bairros pobres um carro igual ao meu. Presente do papai no dia em que meu primeiro cliente assinou um cheque em meu favor. Com tal estimulante iniciava a carreira.

Um predinho, este aí, meio que horroroso do lado de fora, isso sim. Mas é aqui mesmo: o número confere. Será que o apartamento dela tem também este ar decadente? Os prédios desta calçada parecem todos casas comerciais. Cheiro de cebola – deve ser comércio atacadista. Um lugar com aparência de tristeza, a iluminação caindo dos postes sobre as calçadas irregulares e cheias de buracos. Por isso a Olívia fazia tanta questão dos encontros em motel. Eu que insisti, Conhecer melhor sua intimidade, entende? O outro lado da sua vida. O que faz quando não está aqui no centro, como você vive.

Fiz bem, vindo com esta roupa simples, que pode sujar. Aonde você vai desse jeito?, a mamãe quando saí. Pisquei com a malícia que ela entende, coisas de homem. Minha mãe raramente me vê sem terno e gravata. O mais bonito de todos este seu filho, Maria Alcinda. E como é elegante. Os relatos à mesa, meus irmãos com as cabeças escondidas para o riso da vingança. Na sala, sozinhos, eles imitam a mamãe com voz esganiçada, E como é elegante. Eles riem, mas acho que é de puro despeito. Na mochila tenho o suficiente para passar uns dois, três dias sem voltar pra casa.

Encontro finalmente o botão de sua campainha, quatro apartamentos por andar, o número oito, e a porta se abre com um clique metálico. Tateio a parede do lado esquerdo, no escuro e finalmente encontro o comutador. Bem melhor, assim. Apesar das escadas, e pensar que ela desce e sobe por aqui todos os dias, talvez várias vezes por dia. Que faz bem à saúde. Não me parece decente que ela continue tendo uma vida tão difícil. Mesmo que ajude a conservar-lhe a saúde. Eu bem que precisava fazer um pouco mais de exercício. O Marco Aurélio me convidava para o basquete, ele mais alto uns centímetros do que eu. Nunca aceitei seu convite. Está aí uma área em que seria batido irremediavelmente por meu irmão. Ele, uns poucos centímetros mais alto do que eu.

Dois lances vencidos, agora posso descansar um pouco. Pensando bem, a metáfora dos trogloditas é genial. E só eu levanto o braço. Estão vendo, pelo menos um de vocês tem formação, um futuro jurista. O papai conhece o professor, foram colegas. Minha respiração voltando ao normal. Ofego sempre submetido a exercícios físicos. E esta coriza não tem mais fim? Não precisava ter trazido uma mochila tão pesada. Como se fosse passar aqui uma semana. Só uma noite, imagino. Não vou sentir falta de nada.

Ela precisa sair daqui. Com urgência. E eu sou bem homem. Minha mãe me trata como se eu continuasse o menino dela. Mas sou bem homem e ela precisa sair daqui. Acho que até perigoso e a porta aberta mal encosto o dedo no botão da campainha. Me esperando atrás da porta, o olho no olho mágico. Chegou o herói para resgatar sua princesa. Na luz que assalta de chofre o corredor, a Olívia ri com roupa simples, saia e blusa, muito doméstica – uma esposa – e um lenço na cabeça escondendo os cabelos, e me puxa pra dentro, não vá os vizinhos, ela diz em cochicho perfumado, à mostra os dentes que mordem minha orelha. Jogo a mochila em cima da poltrona mais próxima e me agarro nela, em total desrespeito pela respiração arquejante, a minha, que subi por essas escadas. Na cozinha o chiado e o cheiro. E este ensaio ansioso, diferente aqui do motel, em que tudo é efêmero, então me sinto um marido em seu lar, o que me deixa com fúrias de desejo, uma ideia que me excita. E chupo seu pescoço, a pele esticada e tépida, a marca deixada, o sangue se concentra na mancha vermelha e minhas mãos procuram os seios empinados à minha espera. A Olívia me empurra, O jantar esfria, Minha fome agora é outra, e começamos a arrancar a roupa, com pressa porque seu corpo, à medida que se desnuda, exala um perfume de fêmea que me penetra e me retesa o corpo inteiro, então rijo eu a derrubo sobre o sofá, estas molas, e gritamos ao mesmo tempo, os vizinhos?, antes do desmaio em que rolo para o piso de tacos.

A vida retorna lenta, começando pelos pés, aonde o sangue chega depois de um percurso todo acidentado, movo os dedos, abro os olhos. Olívia já está de pé e me manda para o banho enquanto ela esquenta outra vez o jantar. Pelo modo como está vestida, suponho que tenha passado rapidamente pelo chuveiro enquanto eu brincava de morrer. *Mors stupebit et natura, cum resurget creatura, judicanti responsura.* Verdi.

Preciso espiar o carro, se ainda está lá. Apesar de que o alarme, daqui se pode ouvir.

Este banheiro, também, bastante precário. Aqui não se consegue nem cair. Por falta de espaço. Minha mulher me traz uma toalha limpa que mal consegue me abraçar o corpo. Ela precisa sair daqui com urgência.

Termino de me vestir na sala, onde a mesa está posta para nós dois e a Olívia está pelo jeito escolhendo um CD para servir de fundo a nosso jantar. Enlaço minha mulher pela cintura a beijo sua nuca afastando seus cabelos úmidos. Ela se contorce e ri, Não vamos recomeçar, e se afasta depois de ligar seu aparelho de som antiquado.

Vamos abraçados e em silêncio, mas satisfeitos, de certa forma saciados, para a mesa. Afasto sua cadeira muito cavalheiro e ela acha muita graça, uma criança feliz. Antes que me sente também, ela me pede que abra a garrafa de vinho que comprou para esta ocasião especial: nós dois em casa. Para o resto da vida?, ela me encara perguntando. Juro que sim. Examino o rótulo e finjo que não percebo tratar-se de um vinho destes bem baratos, além de inapropriado para o assado que ela preparou. Preciso ensinar minha mulher alguns tipos de vinho e seu consumo correto. Tenho muito que fazer, e isso me enche de orgulho. É material que minhas mãos vão moldar: criatura minha.

Marco Aurélio

7

Faço uma testa sisuda, com vincos, porque ela me informa que terá dentista às quatro e meia, fazer o quê, não é, dona Olívia. Apesar de tudo, não dispenso o tratamento formal. São só mais cinco clientes na agenda e o *laptop* está atualizado. Tratamento de canal. Que não conseguiu outro horário, e no fim do expediente já é uma rua escura, seu bairro perigoso, aceitou marcar às quatro e meia, você sabe. O pronome me choca, mesmo assim, sacudo a cabeça indicando que sim, que não acredito nesta história, mas ela está dispensada, e que me deixo enganar por não ter alternativa a esta altura de nossas relações ambíguas: patrão amante.

Ela se retira para a sala de espera, onde já deve estar com tudo pronto para ir embora. Enxugo as mãos no avental. Preciso acabar com isso. Antes de chamar o próximo cliente, vou até a janela e me ponho a contemplar lá embaixo a praça com seu verde debaixo de um sol macio. Um bando de pombas em revoada faz largos círculos por cima das árvores. Por que andam juntas, quem as dirige? A paisagem me distrai por um momento. Me sinto melhor. Abandono a janela e vou até a porta. Seu Armando atende a meu chamado e vem mancando pelo corredor. Trôpego. Seu Armando tem as asas quebradas.

 Antes de mandar o cliente sentar e fazer a pergunta de praxe, Então, seu Armando, como o senhor se sente?, a voz da Olívia me fere mais uma vez de forma aguda, pois me sinto enganado tendo de engolir sua mentira. Começo a sentir medo do que esta moça possa fazer. Outro dia insistiu que jantássemos no Alcácer Quibir, um restaurante frequentado por todos os meus amigos, pela cidade inteira. Será que faz isso de propósito, querendo me arranjar encrenca doméstica? Não sei, mas ultimamente tem mostrado um comportamento que me assusta. Sim, seu Armando, pode sentar.

 Já ensaiei diversas vezes botar um fim nesta aventura besta, mas chega na hora e perco a coragem. E então, como é que vamos, seu Armando? Ah, sim. As quatro pernas do burro abandonam o trote no início da ladeira e a carroça, mais pesada agora, carrega um pouco de sol e muitas estrelas piscando. Mas e as atividades físicas, hein, seu Armando. Não pode, o exercício é tão importante quanto os medicamentos. Será que ela pensa em fazer chantagem? Esse dentista às quatro e meia, isso deve ser entendido assim: ela me testa. Quer saber até onde pode esticar a corda. O burro ouve os gritos de incitamento e olha aborrecido para trás, ao mesmo tempo que sacode a cauda. Preciso dar um fim nisso.

Júlia

2

O Marco assim quieto calado parece não estar conseguindo organizar as ideias, um assunto difícil. Peço a ele que me espere enquanto troco o CD, sei que ele gosta do Vivaldi, e ele vem atrás de mim para a sala. A mudança de ambiente, tenho a impressão de que vai ajudar meu irmão. Mas enfim, Marco, o que há de errado com o Augusto? Ele me encara e seu rosto me diz gravidades: sua testa com sulcos. Enquanto olha os dedos da mão direita, me diz que só eu posso evitar um desastre.

A palidez de suas palavras lentas me assusta. Quem, eu?, um desastre? A seu modo, o Marco sempre foi um radical. Conservadoramente radical. Talvez exagerado nas suas avaliações, mas fiel. Companheiro fiel. Desde crianças, depois na adolescência, nós dois na roda gigante ou na matinê, ele foi o meu irmão. Era fácil me entender com ele. Com o Augusto tudo ficava mais difícil. Ele estragava-se à medida que crescia. O geniozinho da família não admitia jamais estar errado, mesmo quando isso passasse por clara evidência. Em sua cabeça, ele modificava a realidade para adequá-la às suas opiniões. O Marco e eu nos completávamos. Ele aceitava minhas sugestões e eu acatava as sugestões dele.

Agora ele quer que eu evite um desastre. Este meu irmão foi sempre apocalíptico, descobrindo vendaval em qualquer brisa.

— E pode-se saber de que desastre se trata?

O Marco joga o corpo contra o espaldar da poltrona, ergue um pouco o queixo antes de me encarar novamente. Então começa a me relatar, prolongando os detalhes, a visita que lhe fez o Augusto. Horário marcado no fim do expediente. Chegou sem se apresentar à nova recepcionista, a substituta da Olívia, esperou que saísse o último cliente, e não esperou convite para entrar em sua sala. Apesar do restinho de calor do outono, não desvestiu o sobretudo. Um lenço branco na algibeira deveria ser a fonte de um perfume novo, estranho, um tanto agressivo. Alguma coisa como folha de tuia esmagada. E, com uma gravidade de fórum, começou a explicar:

— Vim aqui como irmão, com o dever de esclarecimento e para não ser mal interpretado.

Exatas as palavras com que o Marco começou a apresentar a tempestade.

O retardamento do relato já me exaspera e não evito a interpelação com voz de agredir: Mas de que tempestade se trata, Marco?

Este meu irmão, o Marco Aurélio, envolve tudo com suas ideias mais médicas do que metafísicas. Um assunto se desenrola como a lenta e gradual cura de qualquer doença. Os detalhes físicos – a cor e o brilho.

— Não dá pra encurtar esta história?

Ele sorri de olhos parados como se estivesse prestando atenção na tela da TV. Uns cinco segundos, para então recomeçar, mas ainda à sua maneira. Assim que, o Augusto empinou o corpo, um pouco afastado do espaldar do sofá, ergueu o queixo, seu queixo de abrir caminhos, e continuou:

— Contratei a Olívia para minha secretária. Não tenho mais tempo de cuidar da burocracia. Mas isso eu até acho que você já sabia. Não? Pois é, foi logo depois da dispensa dela. Não houve aliciamento, pode ficar tranquilo. Eu empreguei uma pessoa desempregada.

Nós rimos um pouco, achando que era muito cinismo do Augusto dizer aquilo, pois já andavam saindo juntos, quem é que não via aquele estreitamento de relações? Mas ele é assim mesmo, comenta o Marco, suas verdades são pessoais e incontestáveis. *As quatro estações* chegam ao fim e nós fazemos silêncio porque nossos corpos flutuam no ar iluminado da sala. E a sensação de leveza não pode ser apedrejada pelo peso das palavras.

Percebo traços de suor na testa do meu irmão, uma testa que brilha, e o duplo sentido do verbo me provoca um riso que, entretanto, contenho.

— Mas isso é um desastre, Marco?

Ele sorri como quem esconde uma surpresa: sorriso enigmático.

— Se fosse só isso.

Acomoda-se melhor na poltrona, constrói com os dedos alguma coisa como uma pirâmide, que fica contemplando por algum tempo, então me encara e diz que tentou de tudo para demovê-lo, mas ele está decidido e de mente rígida. O Marco faz uma pausa cretina esperando que eu pergunte ansiosa decidido a quê, mas agora que penetrei em seu sistema, deixo que ele se descubra sozinho. Desiste de minha pergunta e continua.

Pretende se casar com a Olívia. A ideia jogada no ar de supetão, no início me assusta, mas reflito que ele não é mais criança, tem o direito de fazer suas escolhas, que case com quem quiser. Me lembro do Leonardo, de tão nobre estirpe, origem tradicional, seu nome, essas coisas todas do agrado de nossos pais e dos parentes mais próximos, os intrusos, e, no fim de tudo, nem a filha do meu sonho ele me fez. A Cacilda me contou que ele está morando com um amigo diplomata em Camberra.

— Marco, meu querido, você não está se opondo a este casamento, está?

— Claro que estou.

— Te conheço desde que nasci e nunca te imaginei preconceituoso. Um pouco conservador, mas não preconceituoso.

Pela primeira vez o Marco consulta o relógio. Tenho certeza de que acaba de pensar na Raquel. Um marido assim é que me servia. Alguém que o tempo todo pensasse em mim. Toda vez que penso no Leonardo, me esfria o sangue em todas as veias e vasos e artérias. Sorte que ultimamente tenho pensado nele cada vez menos.

Ele desgruda as pontas dos dedos e desmancha a pirâmide. Mas agora seus olhos fogem de mim. Sabe, ele começa e para. Fico à espera de que continue. O problema, declara depois de uma pausa sem fim, o problema é que ela não serve pra ele.

Ele me assusta com uma opinião assim tão conservadora

e de olhos pasmos, que não reconhecem meu irmão, aqui presente, sentado diante de mim, exijo que me explique o motivo de seu absurdo.

Percebo que ele está com dificuldade para continuar e espero com paciência. Acontece, bem, espero contar com a sua discrição. Sempre confiamos inteiramente um no outro, não é mesmo? Muito estranhos seus desvios do assunto. Reafirmo minha discrição.

— Não sei se você sabe, mas meu próprio casamento pode estar correndo riscos com esta história.

Que saco, o Marco, este meu irmão não para de criar tragédia. Me levanto pra trocar o CD. Não dou três passos e vejo que ele me fita com olhos molhados como se estivesse descarregando montanha de pecados no confessionário. Eu já transei com ela.

Então o susto me derruba.

— Como é?

Ele repete que já transou com a ex-recepcionista. Ele, o marido ideal. Isso é muito para minha fé no ser humano. Você, Marco, você, meu irmão, um asno, isso que você é. A coisa mais manjada do mundo, meu irmão, não posso acreditar. Você, Marco Aurélio Tavares, em quem sempre acreditei como a reserva moral da humanidade. Com a recepcionista. Descarrego meu discurso com violência até me faltar o fôlego.

Depois de arregalar os olhos na minha direção, me pergunta:

— Alguma coisa de preconceito nas suas observações?

O desconforto da situação me deixa com a pele fria e me abraço com os braços cruzados. Bem, acho que essas coisas acontecem. O médico e sua recepcionista. Mas estar aqui em minha sala considerando com meu irmão questões deste tipo de moralidade, isso sim, é inacreditável, nossa própria negação.

— Uma vez só, suponho.

Então ele esconde a fisionomia tensa olhando pra trás, na direção das cortinas e eu deixo cair no carpete o CD do Smetana. Com voz que mal consegue ultrapassar o gorgomilo, ele confessa que toda semana, uma coisa que não pode revelar ao Augusto, pois nunca se sabe do que é capaz o furor do caçula. Mas que ninguém além de mim vai saber o que acontecia no consultório: essa relação clandestina. Que não está na hora de casar, entende? Ele repete a ideia convencido de que o destino de nosso irmão é encargo nosso. E quem deve convencer o Augusto sou eu. Com os primeiros acordes harpejados do *Ma vlast* me finjo de morta sem convencer este palerma aqui na minha frente, que precisa de minha ajuda para convencer o Augusto. Entende? Só você pode fazer isso por mim. O Marco quase me derruba com o tom enfático de sua voz.

Agora já começo a sentir que a tarefa que o Marco me propõe é muito pesada.

— Mas que argumento eu vou usar para que ele desista deste casamento, Marco?

O Marco sacode a cabeça, as sobrancelhas erguidas. Que eu tenho de inventar alguma coisa. Mas inventar o quê? Invenção não é a minha especialidade.

— Você tinha razão ao falar em desastre, meu irmão.

Augusto

5

Entro na cozinha esticado e pronto para receber no rosto esta gargalhada que faz estremecer este ar da manhã, que se esgueira para dentro de casa pelas portas e janelas. Mas hoje é domingo, meu amor. Hoje é domingo. Domingo? O café já me espera sobre a mesa, para onde Olívia acaba de levar a leiteira ainda fumegante. Estou fardado para assumir meu posto no escritório, a gravata italiana em volta do colarinho, a calça de vinco agudo, o sapato de cromo alemão. O paletó só visto na hora de sair. Mas hoje é domingo? E me derramo também numa gargalhada, seu tonto, sossega, *workaholic*, nunca pensa em descansar?

Um homem responsável e dedicado a seu trabalho, assim que me vejo: algumas das qualidades de que me orgulho. Herança? Cresci ouvindo meu pai falar de dedicação ao trabalho.

E hoje, caramba, é realmente domingo. Mas que diabo,

como foi que pude me esquecer disso! Penduro a gravata num dos puxadores do armário e sento à mesa para o café. A Olívia passa por trás de mim, passa as mãos nas minhas faces escanhoadas como em dia útil e me dá um beijo na testa. Esta é a mulher que me escolhi para o resto da vida.

Um gênio quem misturou pela primeira vez o café com o leite, não acha? A Olívia me olha espantada, talvez crente de que seja uma mistura que não teve primeira vez. Mas você, Augusto, você tem cada ideia. E ela ri satisfeita por seu marido ter cada uma ideia. E rimos os dois, como gostamos de rir, e nosso riso se mistura ao café ainda quente que esquenta nosso peito.

O café terminando, a história do almoço em família, o convite, precisamos decidir logo essa questão. Nem como representação diplomática, ela costuma dizer. Ninguém. Um casamento clandestino, o casamento a furto, como na Idade Média? Sei que a Olívia tem razão, mas é bom acreditar que o tempo apaga nódoas. Pensando bem, também não acredito muito nisso e, se uso o tempo como argumento, é porque ainda tenho uns farrapos de esperança em uma reconciliação. Eles, meus pais e meus irmãos, estão de mãos estendidas. *Lacrimosa dies illa qua resurget ex favilla.* Não, é do Verdi essa melodia. Como a mitológica Fênix. A Olívia espreme as sobrancelhas por cima dos olhos, completa a careta com o lábio inferior espichado e sacode a cabeça. Ela se esforça, mas continua fanaticamente roqueira. *Judicandus homo reus.* Enfim, ela pede que eu interrompa meu canto. Seu pedido tem o jeito de uma súplica, e ela insiste *supplicandi et rogandi* a ponto de me fazer calar. Então me ponho ouvidos.

Minha mulher se prepara de um modo conhecido, um

jeito seu: ergue a cabeça num pescoço perpendicular, empina os peitos e, com a mão direita, pega um tufo de cabelos. Está pronta para falar. Pode ser que me engane, mas parece que vai criticar minhas músicas em uma língua que ela desconhece. Sempre pensei nisso, me preocupei com as deficiências na formação dela. Preciso estar mais atento às áreas em que minha mulher demonstra fraquezas. Isto de línguas é um dos casos. Como roqueira, só se interessa pelo inglês e mesmo assim repete letras de música sem atinar com o sentido do que canta. Canta, como canta um papagaio, sem saber o que está dizendo. Sua cultura, a partir do casamento, é responsabilidade minha. Temos ido a exposições, concertos, ao teatro. Não gostou muito do *Hamlet* e me confessou que pouco entendeu do que acontecia. Além disso, para seu gosto morreu gente demais na peça. Prefere alguma coisa mais alegre. Há pessoas assim: acreditam que podem estar alegres a vida toda. Outro dia me disse que nunca pensa na morte, pois tem a impressão de que vai viver para sempre. *Mors stupebit*, imito um baixo com minha voz de tenor. Assim mesmo, um som ridículo, como de pano rasgando ou pato grasnando. Ela sorri desarmada, por um momento se atrapalha, mas retoma a preparação.

Espero sem saber seu veredito, mesmo sabendo sua opinião a respeito dos Tavares: assunto constante nestes últimos meses. A Olívia enrola um tufo de cabelo no dedo indicador e afirma que prefere almoçar no clube, onde já conquistamos alguns amigos. Também me sinto magoado com toda campanha sórdida da minha família contra nosso casamento. E principalmente com a Júlia, que, por diversas vezes, veio falar comigo, alegando tradição, nível social e intelectual, origem, cultura, sugerindo questões de uma anacrônica moralidade de que não a supunha capaz.

Ouço calado a metralha da Olívia contra minha família. Não consigo discordar de uma só palavra. Esta aproximação é um assunto em que desde o início sei que vou ser derrotado. Com a vantagem de concordar com sua vitória.

Júlia

3

— Mas enfim, você pode me dizer qual é seu interesse em que eu desista do casamento?

É um verdadeiro idiota este meu irmão. Descruza as pernas como se fosse levantar para ir embora. Mas não vai. Já dei a ele todas as razões que podia dar para que desistisse da ideia de casar com a Olívia. Dei todas, menos a verdadeira. Que não posso nem de longe sugerir. Nada o demove. Um homem apaixonado não entende ou prefere não entender qualquer razão que esteja fora do círculo de fogo. A paixão é valor absoluto, inexcedível. E o imbecil me odeia com os olhos em chama.

— Meu interesse é te preservar. Você tem ao menos ideia de onde está se enfiando?

Seu ódio se transforma em sarcasmo.

— Você não teve competência para se autopreservar e joga o zelo que não foi utilizado pra cima de mim.

Tremem-me as mãos, os lábios me tremem. Minha voz tremida sai do fundo da garganta como uma inflamação.

— Seu merda, se as razões todas que te dei são insuficientes, foda-se sozinho. Você não sabe onde está se metendo, você não conhece a fulana...

— Fulana, não. O nome dela é Olívia.

— ... não sabe de onde vem, como foi a vida dela até agora. Então dane-se, entendeu? Dane-se!

Meu corpo todo inventa de tremer e não consigo mais articular uma frase lógica. Não consigo. E calo. E calo, pois do contrário... ah, este cretino me paga, mas não vou contar... este cretino... o Marco não merece que eu o entregue assim a este boçal. Ele seria capaz de sair correndo daqui pra contar tudo à Raquel. Me autopreservar! Imbecil!

Mas parece que finalmente ele se comove. Remexe o corpo, cruza e descruza as pernas, e seus olhos começam a ficar úmidos. Acho que vai chorar. Me enganei. Ele resiste, e, para não babar, engole com expressão de raiva a saliva excessiva que inunda sua boca, se estende em pausa que nos incomoda. Então, com voz menos imperiosa, começa a se queixar do papai e da mamãe, que também se opõem ao casamento.

— Isso é coisa do Marco Aurélio, Júlia, coisa dele, porque ela abandonou aquele emprego ridículo de recepcionista.

Fico quieta, sem confirmar ou negar sua acusação. Sei que os dois nunca foram muito amigos, e isso desde sempre, então sua escolha de um alvo para odiar não me parece descabida. Não me surpreende.

A noite corre macia por cima de nosso mal-estar. Por cima do silêncio que o mal-estar nos impõe. Não me lembrava mais de que na chegada do Augusto havia um CD tocando. Ele me pediu para baixar o som porque tinha um assunto muito sério para tratar comigo, como havia anunciado ao telefone. Pelo semblante sombrio do Augusto, quando entrou nesta sala, me toquei na hora do que se tratava.

Me parece que há muito tempo não ouvimos coisa nenhuma de música e não percebemos. É um assunto que dispensa fundo musical.

Ele se levanta e para de pé na minha frente.

— Aquele canalha foi me intrigar com o papai e a mamãe.

Também me levanto e meço a pouca altura do Augusto com vontade de espancá-lo.

— Você não tem o direito de se referir dessa maneira a seu irmão. Morda a língua antes de chamar o Marco de canalha. A vida toda o queridinho da família, não aprendeu a enfrentar uma contrariedade? Canalha é você!

O Augusto crava com fogo seus olhos no meu rosto, que arde doente. Três segundos, mudo o resto do corpo. Então, sem nada dizer, me vira as costas e abandona meu apartamento.

4

Até agora nem uma só palavra sobre o filho querido ou qualquer alusão à notícia. Mas os suspiros frequentes e sonoros são de eloquência bastante significativa. O Ronaldo me pede colo e já vem escalando minhas pernas. O modo como ela o contempla é conhecido. Como não lembrar nossa infância? Em seguida, com voz que mal chega à boca, ela diz que este menino faz coisas extraordinárias. Vai ser um gênio. Os pais em Boston, num congresso. A Raquel, ah, a Raquel que não é boba. Sabe-se lá nestes congressos. Gente de toda parte. Uma semana em sua casa, o Ronaldo. Que adora quando ele fica aqui com ela. Mas suspira, mesmo assim. E eu me esbaldo em maternidade.

Hoje de manhã, uma quinta-feira como qualquer outra, descobri uma notícia de jornal em que aparece o Augusto como um advogado vitorioso. Conseguiu a absolvição de um homem acusado de assassinar a esposa. A imprensa do país explorou o assunto por muito tempo. Num dos cantos da reportagem, uma foto do Augusto. Logo depois da leitura da matéria, a ligação da minha mãe me convidando para este jantar. Em plena quinta-feira, um dia sem nada de especial, sem nenhuma comemoração familiar ou cívica.

Até agora nem uma só palavra. O Ronaldo me beija as duas faces com violência infantil. Abro sua boca e examino-lhe os dentes. Que dentes mais lindos! Mostre os dentinhos pra titia, Ronaldo. Nem que fosse um menino, um ser como este, assim masculino, o Leonardo já teria cumprido sua obrigação. Mas não, morando com um diplomata amigo em Sidney. Ou Camberra, já não me lembro mais. A família dele pressionava a favor do nosso casamento. O casamento dele. Alguns indícios de suas preferências pairavam no ar como perfume desconhecido. Tentativa de provocar uma definição. Casamento. As famílias são todas iguais. Agora nós pressionamos contra um casamento. Família é grupo, os membros estão amarrados uns nos outros. E haja interferência. O Ronaldo abre muito a boca e me pede que olhe seus lindos dentinhos. Olha, tia! Nem que fosse masculino, o Leonardo.

Vim pensando que haveria outros convidados, mas me enganei. A mesa já está sendo posta e, além de nós três, aqui na sala, apenas meu pai assistindo ao noticiário na saleta da televisão.

Meu pai chega lá de dentro com a cabeça cheia de notícias do Brasil e do Mundo, recolhe minhas faces com suas mãos e me dá na testa um beijo ardente como jamais tinha feito antes. Ele está com roupa simples, camisa e bermuda, sinal de que goza uma quase aposentadoria tanto dele quanto da gravata.

Meu pai de chinelo. Me lembro de *O repouso do guerreiro*, da Rochefort, e sinto vontade de rir. Mas me contenho. Nossas relações, as relações entre meu pai e mim, foram sempre um tanto exageradamente formais. Até hoje ele me intimida. Esse beijo que ele me deu é um marco histórico, talvez o início de um novo rearranjo na constelação familiar.

Minha mãe se levanta e entendemos que é um convite para a sala de jantar. Quando estão sozinhos, os dois, fazem suas refeições na mesa da cozinha. Não sei se estou sendo tratada como alguém estranho à família, tratamento cerimonioso, ou se estou sendo homenageada. Pouco importa: estou sendo bem tratada. Agora só espero o momento em que um dos dois vai fazer referência aos sucessos do advogado.

O Ronaldo é o primeiro a receber as atenções da avó. Me olha com olhos grandes e percebo em seu rosto a expressão, quer ver as coisas que já faço? Ah, Leonardo, um menino machinho que fosse, já me alegrava a vida. Com a Cacilda as alegrias são outras. Os três no banco oscilante da roda gigante. A *Sonata Patética*, do Betinho.

Papai, percebo, quer entabular conversa comigo. Pelo jeito, sou hoje aqui a estrela do lar. Tanto investimento emocional no caçula, que os maltratou hediondamente no último encontro: antiga revelação em segredo de minha mãe. É parca minha contribuição nos assuntos da conversação, pois de política internacional quase nada entendo. Ao contrário dele, que sempre se informa em primeiro lugar do que ocorre no mundo. Agora me faz um relato das manifestações populares que se vão tornando cada vez mais frequentes ao redor do planeta e cada vez mais semelhantes num processo de globalização homogeneizada que só a internet e suas redes sociais podem explicar. Pergunto se são para o bem e ele pensa enquanto mastiga. Semelhantes, ele conclui, mas com objetivos muitas vezes até contrários.

Estes silêncios prolongados são o terreno onde amadurecem muitas reflexões. Papai para de mastigar e me olha com a derrota no semblante. O mundo está pegando fogo, Júlia. E o que o senhor acha que vai ser o resultado de tudo isso, papai? Cinza, minha filha. Montanhas e montanhas de cinza. Este século não vai terminar. Minha mãe, que mal presta atenção à conversa, entorta a boca num ricto de sofrimento, e arregala os olhos, Credo, Oscar, que visão mais tétrica!

Tento introduzir o esporte em nosso assunto, sem sucesso. Nenhum dos dois tem qualquer simpatia por esporte. Me calo. Mas o silêncio se carrega de um ar pesado que mal nos deixa respirar. Então começo a contar a eles algumas das aventuras que já vivi com meus clientes infantis e com suas mães. Não consigo prender a atenção do meu pai, a não ser com a história do menino que me mordeu os dedos. Ele quer informações sobre o ferimento, sobre a reação da mãe, a idade do pirralho, e assim vamos conversando até o final do jantar, quando já estamos falando sobre cachorros ferozes e de quantos de seus donos ele retirou o pátrio poder na justiça. O "pátrio poder" nos faz rir e alivia mais o ambiente. Já somos parte de uma família que ri. Estamos unidos como jamais na vida estivemos. Peço detalhes sobre a história do pátrio poder e ele informa que o dono de uma fera perde o direito de mantê-la se não sabe, ou não quer, evitar que ela seja ameaça ao público.

Minha mãe enche nossos cálices de licor e vai levar o Ronaldo para a cama. Seus suspiros estão mais espaçados, embora seus intervalos não ultrapassem uns três minutos. Papai e eu vamos para a sala depois do licor, onde ele costuma cachimbar a esta hora.

De volta do quarto, o quarto que até uns seis meses atrás era do Augusto, ela passa novamente por trás de mim, segura com mãos macias minhas faces e me estrala um beijo na testa. Devolvo o beijo nas costas de sua mão.

Os assuntos dançam na superfície do tapete, sem grande entusiasmo, pois não ultrapassamos os limites das banalidades e do senso comum. O tempo, os preços, notícias de alguns amigos, as espertezas do Ronaldo, um gênio, e assim sustentamos nosso convívio restabelecido até bem tarde.

Me despeço espantada com o fato de não ter ouvido uma única vez o nome do Augusto.

Augusto

6

Fico pensando na sugestão que a Olívia acaba de dar, e ela, parada na minha frente, espera meu comentário. Parada como um ponto-final. O recorte estendido sobre a escrivaninha segura meus olhos fixos. Como um encantamento. Meia página. Meu gabinete, depois que a Olívia, perdeu um pouco da austeridade, como foi sempre o gosto do meu pai, em compensação, com os vasos bem colocados, os quadros nas paredes, sua predileção pela alegria, a renovação dos móveis, tornou-se um espaço interessante. O lugar onde. E meus clientes têm demonstrado sentir a mudança, pois aqui se instalam e sou obrigado a despedi-los quando chega a hora. O filho sobrepuja o pai e isso é normal, quer dizer, a progressão vai ao infinito? Não sei, mas meu pai, com a minha idade, aparecia em jornal?

Bem, você faça como julgar melhor. Ela sorri e diz que vai ser uma moldura dourada, como as palavras do jornalista merecem.

Um pouco de publicidade pode aumentar o prestígio de um profissional. Para o público, o melhor é aquele que a mídia exibe como atestado de existência. Agora sou um advogado com carimbo. A Olívia, enquanto recortava a notícia, afirmou com muita convicção que agora vão chover clientes. Vamos poder selecionar os casos, ela disse. E sugeriu a necessidade de se contratar um advogado em início de carreira. As visitas ao fórum, a papelada da secretaria. Vou pensar no assunto.

— E nem um telefonema, amor!

Me pega no meio de pensamentos alegres e não entendo o que ela quer significar.

— Telefonema?

A Olívia, como sempre, despeja suas críticas sobre minha família. É claro que seu pai leu a notícia. Quando ela fala mal dos Tavares, seus olhos ficam espremidos pelas pálpebras, e seus lábios se enrugam num bico de ressentimento. Um bando de orgulhosos e presumidos, isso é o que eles são. Fico quieto porque, apesar de concordar com ela, não me parece correto corroborar suas opiniões, pois não tenho como escapar de meu sobrenome.

É o início do dia, e temos boas razões para estar contentes. Hoje quero ser feliz e acho que mereço. Felicidade até transbordar de todos os pensamentos negativos. Então, com muita delicadeza, peço à Olívia que esqueça minha família. Ela pisca um olho malicioso, me parece, e vai abrir a porta do escritório. A Olívia, quando anda, não anda, aproveita os passos e valsa. O corpo da Olívia é musical. Não tem ângulo de que não seja perfeita. E esse vestido que se finge de pele, meu deus: perfeita.

Piscou um olho malicioso. Será que ela critica os Tavares,

não por sentir o que diz, mas apenas para me indispor com meus parentes? Não, acho que não, ela deve curtir muita mágoa por tudo que passamos antes do casamento: aquelas humilhações. As coisas que andaram dizendo: invenções.

O telefone estrila até que a Olívia atende, talvez com medo de encarar a voz de algum parente próximo. Seu alô sai tremido e pigarreado. Em seguida uma saudação alegre, sua voz cheia de música. Isso me alivia. E a minha mulher não merece as afrontas dos Tavares. Ela nos acusa todos de excessivamente conservadores. Vocês são medievais, um dia ela gritou quando eu disse que estavam todos contra nosso casamento. Estávamos na boate Namorico's, do Manfredo, e ele, que percorria o labirinto entre as mesas e pernas, cumprimentando muito solícito seus clientes, vinha chegando para nosso lado, e sorriu, ora, ora, mas então. E eu morria de vergonha porque em volta todos nos observavam assustados. Em seguida ela me beijou com a alma nos lábios e me cochichou, não fique amuado. Às vezes ela usa essas palavras mais antigas, principalmente quando tenciona me agradar. Igual ao teu latim, costuma dizer.

De vergonha, nunca mais voltei ao Namorico's.

E ei-la que aí vem com notícias boas no rosto. O Alfredo, ela diz. Apenas ergo as sobrancelhas. Alfredo? Colega de classe, ele disse. Adivinho a causa de seu telefonema, ele, que não vi mais depois do baile de formatura, e uma alegria muito grande me cobre inteiramente o semblante aberto. Que acabou de ler.

Imagino a esta hora a cidade toda com o jornal na mão, vendo minha fotografia e lendo a matéria a respeito da minha vitória no fórum. A Olívia diz que aceitou o convite sem me consultar, e concordo com ela. Domingo será nosso reencontro. Não tem como não me sentir importante. Duvido que ele não tenha lido e mostrado à minha mãe. O silêncio pode ser de remorso. Ou orgulho. Ver-se ultrapassado pelo filho, depende da ligação, provoca euforia ou causa depressão. Meu pai não tem perfil disfórico. Ele e suas potências, a potestade. Mesmo assim, no estado em que estão nossas relações, ele não vai me dar os parabéns.

Enganam-se em grande engano, eles, se pensam que vou me sentir solitário, a falta que fazem. A Olívia me preenche, não preciso de mais ninguém.

JÚLIA

5

A Cacilda vem nascendo luminosa do mar, com água escorrendo em brilhos por seu corpo. De longe me sorri, depois de ter-se jogado contra as ondas. Debaixo do guarda-sol, me protejo deitada sobre a esteira. Seus pés, na areia, vêm dominando o mundo, mas de maneira macia, seu modo de amar. Me afasto para um lado da esteira e ela estende seu cansaço molhado na sombra.

Um bando de crianças passa chilreando e quase nos atropela. Por um momento me desligo da conversa iniciada pela Cacilda e suspiro minha frustração. Apenas um instante passageiro em que o passado ousa imiscuir-se entre nós duas. Muito pouco do que se quer se alcança. Tive de aprender com a vida essa lição. Percebo que a minha amiga acaba de me fazer uma pergunta, mas ainda não voltei à praia.

As mães passam tangendo suas crianças com gritos agudos

de admoestação para que o rebanho não se disperse e chego a invejá-las, pelo menos uma menina, mas o Leonardo não conseguiu me desabrochar. Dias sombrios e noites brancas, ou noites em branco, pelo menos uma menina. Meus pais confusos, e até mesmo o Marco, seus entendimentos equivocados. Em companhia de um diplomata. Camberra. A Cacilda foi quem me confirmou, quando meu ex já não me interessava mais. As crianças com suas mães somem entre o povaréu regurgitante na areia. Um vendedor de refrigerante tropeça em nossas pernas e a Cacilda senta-se indignada. Ele se desculpa e oferece duas latinhas a preços ridículos, por isso ouviu mais um palavrão da minha amiga. O vendedor carrega seu pregão para longe e resolvo também me sentar. Os três irmãos, nós três, no banco oscilante de madeira da roda gigante, muito aborrecido o Augusto sentado entre nós dois, com seu terninho de homem elegante. O parquinho: uma festa.

Você não acha?, a Cacilda, eu penso que está repetindo a pergunta. Não acha? Recolho meu olhar, que ainda procurava um bando de crianças engolfadas por banhistas tostando a pele na areia debaixo do sol, e minha cara é interrogativa, principalmente as sobrancelhas. Esta história toda do Augusto com a recepcionista do Marco Aurélio. Você não acha? Continuo sem entender sua pergunta e agora, além das sobrancelhas, também os lábios abertos são de ignorância a respeito de sua pergunta.

O assunto se enrola na boca da Cacilda, pedregoso, mas por fim começo a entender que ela nos acusa de excessivamente conservadores. Finalmente, desembaraçada de alguns obstáculos que a constrangiam, ela segura meu braço para abrir meus ouvidos.

— Mas você e sua família são muito é reacionários, Júlia.

Sei que em sua avaliação entram sobras de um ressentimento antigo, por Marco tê-la deixado a suspirar em casa para casar com a Raquel. Nunca mais se interessou por homem algum. Em sua versão, como tentou mais de uma vez me convencer, foi ela quem dispensou o Marco ao descobrir sua ojeriza pelo gênero masculino. E completa o assunto com uma gargalhada nervosa.

Pegamos nas duas pontas da esteira e a arrastamos até cobri-la de sombra novamente. Em nossa volta, muitos outros banhistas, corpos cobertos de areia à milanesa, executam os mesmos movimentos: uma coreografia tácita.

Ela senta e me encara à espera de minha reação, pois sabe que não gosto nem um pouco dessa palavra. Pergunto por que ela diz uma coisa tão antipática, uma estupidez. Eu sei que ela gosta de me ver atingida. É uma espécie de vitória. Ferida com arma aguda. Que nós, ela explica, os Tavares, nos opomos ao casamento do Augusto por preconceito social. A moça, acrescenta muito séria, é linda. Talvez pobre, mas linda. Falo de diferenças culturais e a Cacilda continua: incultura é mal remediável; beleza não se vende no bar da esquina. Quanta caretice, minha santa, quanta caretice!

Reluto no meu silêncio, de olhos extraviados na areia, entre aceitar a pecha de reacionária e revelar a ela nosso segredo. Por fim, ainda insisto na defesa de nosso comportamento e minto que oposição verdadeira não houve, apenas pedíamos a ele que não agisse açodadamente. Namorasse mais alguns meses.

A Cacilda de fato assumiu a defesa do Augusto e não vejo para isso razão a não ser o ciúme de ontem à noite na boate.

Caretice de vocês, ela repete, caretice, pois o Augusto não é uma criança que precise de orientação familiar. Vocês estão mofados de tão medievais. Minhas mãos e meus lábios começam a tremer e minha vista fica nublada. Não consigo mais me segurar e começo dizendo que ela é a culpada pela quebra de um juramento. Sim, o juramento exigido pelo Marco. Mas antes de abrir a boca, exijo da Cacilda a promessa de trancar o segredo em cofre indevassável. Ela beija os dedos em cruz e jura jamais revelar a qualquer ser humano o que eu disser. Assim encorajada, eu digo. Eu digo meio mordendo as palavras, progredindo a medo em minha narração. A Cacilda me ouve com uma atenção preocupante, mas prossigo até uma pausa mais prolongada, então ela comenta, Mas será que o Augusto teria coragem de entregar o próprio irmão à esposa? Não sei o que responder, como também não sei se ele faria isso, mas o Marco estava com medo, quando me revelou o que tinha havido entre ele e a recepcionista. Estava trêmulo e pálido. Patético.

Augusto

7

Detesto aquele desconforto de não enxergar onde piso, por isso não me agrada chegar atrasado, mas não posso tirar a Olívia de um trabalho que eu mesmo pedi para ser terminado ainda hoje. Preciso viajar bem cedo amanhã. Ela não para nem pra respirar. Parece uma raiva, ela, o modo como trabalha sem descanso, os gestos de ângulos agudos.

O ser humano toda hora me surpreende. Esta mulher, a minha. Quando me apaixonei pela Olívia, assim de supetão como um susto, porque aquele suor nas mãos e a imagem dela grudada na minha testa vinte e quatro horas por dia, aquilo só pode ter sido uma paixão devastadora, o que me atraiu nela como um vórtice implacável que me arrastou sem apelação foi a beleza de seu rosto e o corpo perfeito. Então propus casamento e disse a ela que não permitiria seu sacrifício em trabalho nenhum. Eu queria uma Nora Helmer dentro da minha casa de bonecas. E ela era de aceitar? A Olívia se rebelou. Com essa condição renunciava ao casamento. Papel de bibelô não aceitava. Então eu disse, Tudo bem, você quer trabalhar, pois venha trabalhar comigo, que estou precisando de uma secretária. Meu escritório virou um caos. Minha admiração por ela agora está completa. Além da beleza, do sorriso e da voz desta mulher, que me atraíram de uma forma avassaladora, acrescento ainda sua eficiência como secretária dedicada e competente. Ela me surpreende.

Surpresa maior, entretanto, eu tive foi na última vez em que estive na Ordem. Surpresa não é bem o termo. Foi decepção, sim, surpresa negativa. Tinha prometido meu voto ao Nestor e fui até lá, sabendo que encontraria muitos conhecidos. Pelo silêncio da impressora, terminou mais um contrato. Ah, não, ela travou por ter engolido mais de uma folha. Toca agora abrir a máquina, arrancar-lhe as folhas da goela e começar tudo de novo. Não posso perder este filme, e ela não para, está obstinada e eu não posso reclamar. E encontrei. Diversos conhecidos do tempo de faculdade, alguns colegas de sala, todos eles em rodinhas alegres pelo encontro depois de tanto tempo. Esperava ser recebido com aclamação, recente ainda a reportagem com minha foto, mas nada. Nenhum dos colegas veio me dar parabéns. E acho que merecia, por que não? Não tinham lido a matéria no jornal? Claro que tinham. Assunto da nossa área. O que vi, e isto foi fácil de perceber, foram expressões de inveja no rosto e nas palavras de todos os que vieram conversar comigo. *Qui tollis peccata mundi*. Ah, a inveja. Tudo bem, não volto mais lá. Cheguei a pensar em me apresentar futuramente como candidato. Me julgava neste direito. Depois da gelada que me deram, não volto mais lá. Ah, mas não volto mesmo. Eu sou assim, de não voltar a certos lugares. Parece que agora a máquina vai obedecer, boazinha. O trânsito já vai se recolhendo com seu rumor aos confins da noite, no centro da cidade ratos e lumpens devem estar disputando cascas e bagaços dejetados pelo dia, e a Olívia, tenho certeza, nem está pensando no filme. Ela prefere os melodramas em que chora sem necessidade de pensar. Quando eu voltar ele já saiu de cartaz. E tão cedo não aparece nas locadoras. Esta minha mulher. Tanta demora começa a me irritar. Teve a tarde toda. Ou quase toda, enquanto fui ao cartório do fórum. Que estava organizando o arquivo, as pastas suspensas com os processos. Bem, eu também não tinha tempo e ia empilhando de qualquer jeito. Mas isso não precisava ter sido feito hoje. Tudo por informatizar é trabalho pra muito tempo, eu sei.

Da porta fico observando seu modo concentrado de trabalhar. E ela não me vê aqui parado. Ou finge que não me vê. A Olívia em exposição. Ela está sempre disposta a aceitar ser contemplada. Uma obra de arte os traços de seu rosto, sua delicadeza, a harmonia como se combinam. Tenho a impressão de que ela tem consciência do poder de sua beleza. E a usa. Mas esta demora já está além dos limites. E não poderia ter feito tudo isso à tarde? Organizando o arquivo. Responde que só mais duas procurações, sabe, os herdeiros que você vai encontrar. Depois da matéria no jornal começaram a aparecer clientes de toda a região. Minha mulher está com semblante abatido, claro, deve estar cansada, com olheiras muito escuras. Dez para as nove. Olívia, vamos chegar atrasados, e você sabe que detesto isso.

Minha observação caiu no carpete e não chegou a levantar

poeira. Mas a Olívia teve um músculo do rosto repuxado. Continuou muda seu trabalho: agora só mais uma procuração. Vontade de quebrar esta máquina na cabeça dela. Cabeçuda e birrenta. Faz isso querendo me irritar. Pois consegue, eu digo a ela. Consegue mesmo. As palmas das minhas mãos estão úmidas e isso me incomoda. Preciso pegar a caixinha de lenços de papel. E a coriza. Mas vou continuar aqui com a presença do meu corpo fazendo pressão. De pé como quem já vai embora.

— Vai terminar logo essa porcaria?

Ela me olha assustada e seus olhos nadam em lágrimas que não rolam. Quase vesga, sem rumo de foco. Isto é uma vertigem da irritação, não é um querer, tal agressão, propósito nenhum de ofensa. Uma explosão do instinto, uma explosão em que sou o sujeito e o objeto. Pulo de onde estou e enlaço-lhe o pescoço, cobrindo sua cabeça de beijos com pedidos de perdão. Não me sabia impulsivo, nem tão excitável. Ela me olha por trás de lágrimas e isso me enlouquece de desejo. Sensação de domínio. A lascívia me enlanguesce o corpo, meus sentidos, todos eles, confundem-se no desejo de transar. Agora, aqui mesmo, deitado no carpete.

A Olívia pressente as preparações do meu corpo e arranca bruscamente meus braços que envolvem seu pescoço. Não, agora não, ela afirma com voz rouca modulada por alguma esperteza que me foge. Exige de mim que me sente a seu lado, arruma os cabelos por onde andaram meus dedos, esfrega ambas as mãos no rosto, me encara e declara que temos assunto sério a tratar. A interrupção do clima que se criava me deixa trêmulo de ódio. Três segundos de ódio sucedidos por uma irritação difícil de esconder.

Me domino para ordenar:

— Pois então fale.

Aos poucos vou percebendo que a iluminação da sala, que nos envolve de noite, é também o modo mais claro com que a Olívia atinge a calma para abordar qualquer assunto. Ela ajeita novamente uns fiapos de cabelo por onde andaram meus dedos e começa dizendo que temos de mudar muita coisa neste escritório. Que sem uma impressora melhor, mais moderna e que não estrague tanto papel não há como trabalhar. E um computador menos arcaico, com outras competências de memória. Tantas marcas melhores, máquinas mais rápidas. Ela chama meu computador de carroça. Uma bagunça. E além disso, contratar alguém que digite todo o conteúdo das pastas suspensas depois de botar tudo em ordem. Qual? Qualquer ordem, o que não pode é continuar o caos em que as coisas estão. Modelos de contratos, procurações, petições, ações, a ficha cadastral de clientes, consultas ao cartório pela internet e mais, muito mais para que não se perca tempo. Principalmente agora, com esta enxurrada de clientes chegando de cidades vizinhas.

Ela fala o tempo todo sem me dar uma folga até que, ofegante, se cala. Não estou pensando, não há como raciocinar numa circunstância tal, mas estou furioso com a mudança de rumo dos acontecimentos que a Olívia me impôs.

Bem, acho que já perdi o filme. Não podemos encerrar o expediente e sair daqui debaixo deste clima de febre. Argumento que suas propostas vão onerar nosso escritório, que vai bem de trabalho, mas com situação financeira no presente ainda muito fraca. E além disso, máquinas e programas mais modernos pressupõem alguém competente para os tocar.

Seu sorriso é com a boca torta – ela esgarça apenas um lado da boca quando pretende um sorriso escarninho. E consegue. Então declara do alto de sua petulância que tem curso de informática. Me olha como se encarasse um troglodita. Aliás, se você não sabe, o valor de toda essa tralha é irrisório.

E por fim, me atinge um golpe no pescoço. Se você acha que o investimento não vale a pena, pode deixar. Ela se levanta e empina o queixo. Pode deixar. A funcionária pra digitar tudo isso aí (e aponta os armários de aço com o queixo) eu pago com o meu salário, certo?

Nem um pouco. Essa declaração de independência me exaspera e não me agrada nem um pouco. Minha funcionária querendo para si o papel de patroa. Nem um pouco. Me dá uma incrível vontade de ser mal-educado. Mas me controlo e acabo concordando com suas sugestões. E o filme fica pra quando ele chegar às locadoras. Vou dormir sem filme nem sexo, e com os nervos soltando faíscas.

Júlia

6

Me agrada muito esta claridade fria que revela com intensidade os corpos de todas as coisas, seus ângulos e curvas, a dimensão exata de cada uma. O rímel deforma os olhos da Cacilda e imagino que seja por causa do suor, mas estamos protegidas pelo ar- condicionado, então penso que talvez tenha chorado. Digo a ela que vá ao banheiro retocar sua maquiagem e ela me encara muda, bronca, sem se mexer. Faz uma semana que minha amiga anda me olhando com este olhar de parva, olhar parado. Desde sua demissão. Insisto, Vai, que não peço nada antes de você voltar. Seus olhos vidrados nada respondem e posso ver através deles um cérebro completamente vazio. Ou me engano. Deve haver lá dentro matéria fervilhante e escura que seu rosto imóvel não revela.

Ou pensa que eu vou escapar.

Por fim, segura a bolsa com as duas mãos, levanta-se e

se encaminha na direção da toalete. Ela me preocupa. Parece que não está assimilando bem o golpe da demissão. Doze anos de gerência viraram fumaça. Vai ter de recomeçar a carreira, reformular a vida, mudar de hábitos. Em nossa idade são obstáculos demasiadamente cansativos.

O garçom se apresenta servil, com inclinações de cabeça e cumprimentos melífluos, e peço-lhe que espere a volta de minha amiga. Ele se retira com palavras doces e mesuras exageradas e vai até a mesa de um casal que acaba de entrar.

Bem que eu deveria ir atrás dela, ver por que demora tanto. Mas preciso guardar nossa mesa. Foi por telefone. Mais um desempregado, Júlia. Que entrou nas estatísticas. E ria como se tivesse acabado de contar uma piada. Por solidariedade também ri, pelo menos até ouvir um soluço que antecedeu a despedida.

Eis que reaparece. Um pouco arqueada com o envelhecimento de uma semana. Acredito que esteja carregando um fardo imenso de vergonha sobre a cabeça. O cargo era seu orgulho, mas além de orgulho era também seu arrimo, a confiança na tranquilidade do futuro. Seu passo está mais lento e seus braços não combinam com o movimento das pernas. Ela é uma galinha despenteada em toda sua falta de segurança, uma galinha aterrorizada.

— Olá, como isso melhorou!

Minha melodia não parece comovê-la e ela joga o corpo sobre a cadeira. Não deve ter ouvido minha observação lisonjeira. Mas pode adivinhar, pois quem sabe, como ela sabe, quanta ternura me incendeia, pode adivinhar até meus pensamentos mais extraviados. Acho que não adivinhou, pois seu rosto continua duro apesar dos retoques.

A iluminação fria do saguão molda sua cabeça com alguma perfeição, e a Cacilda, como se fosse o último apoio, agarra-se à bolsa, abraçada: toda sua esperança presa ali dentro. Sua blusa, repuxada, aumenta o decote, que já não é modesto, e revela um pedaço de seio moreno, a suave elevação. O garçom acaba de chegar para nosso pedido e seus olhos cheios de curiosidade gozam fixamente a paisagem, até que a Cacilda finalmente percebe o que parece estar oferecendo e, largando a bolsa numa cadeira ao lado, compõe-se mais decente.

Gosto muito deste restaurante por duas razões: as pessoas que entram e tomam a escada rolante desfilam sob nosso olhar, mas dificilmente nos veem por causa das plantas que nos isolam; o *croissant* daqui é o melhor da cidade. E um suco de abacaxi com hortelã. Nós sempre pedimos as mesmas coisas, questão de afinidades palatais.

Ela também, a Cacilda, ansiava por gerar uma menina, e que fosse filha do Marco, como ela me confessou que quase aconteceu antes da descoberta com que ela tenta me convencer. Ambas, nós duas, abandonadas, cumprindo destinos que não eram da nossa escolha. Pelo menos é assim que nos entendo. O garçom se afasta e pergunto à minha amiga se ela está bem. Responde que sim, mas que muito preocupada, pois não sabe o que vai ser de seu futuro.

— Você é minha única família.

E eu entendo sua drástica afirmação, a afirmação aguda de uma rejeitada. E nisso me lembro do Augusto, só que, no caso dele, deu-se o contrário: foi ele quem nos apagou de sua vida. E isso mesmo ele disse com raiva em sua voz rouca aos pais assustados.

As pessoas, estes desconhecidos, passam da esquerda para

a direita, entrando, e da direita para a esquerda, saindo, sob nosso olhar e sem nos verem, e nós mordemos com prazer nossos *croissants* e tomamos suco de abacaxi com hortelã, mas entendo que tudo seja provisório, pois desde que voltou da toalete sinto na expressão exasperada da Cacilda que ela quer mudar a ordem natural dos acontecimentos. Limpo os lábios com o guardanapo de papel fingindo que esta é uma noite igual às outras todas, enquanto isso a Cacilda, com as mãos espalmadas sobre a mesa, me encara com olhar rígido e espera que eu me aquiete primeiro e sem fingimentos.

Minha amiga repete que sou sua única família, mas com outra voz, uma que sobe da caverna de seu corpo, esperando que eu aquiesça, talvez, que me pronuncie para consolidarmos a existência de sua família, mas desvio o olhar para as pessoas, estes desconhecidos, que sobem e descem pelas escadas rolantes, cumprindo a satisfação de alguma necessidade quase sempre urgente. Sei que, imóvel, a Cacilda vai continuar esperando, então para quebrar o desconforto, digo-lhe que sim, sou sua única família. Sua expressão de alegria, a primeira desde que nos encontramos aqui, é de uma criança perdida no meio da multidão exatamente na hora em que avista sua mãe. Assim desamparada ela se sente. Ela pega minha mão com gesto desajeitado e a beija, em público, para desagrado de meu recato. De rosto fervendo recolho o braço para baixo da mesa, onde o beijo se esconde.

Pressinto que sim, que agora a Cacilda esteja armada de coragem para viver, ela que nunca soube ser sozinha. Seu ar vitorioso e os lábios ainda gozando a pele da minha mão, lábios úmidos entreabertos, estão de acordo com o novo brilho de seus olhos. Uma única frase minha, proferida sem convicção, praticamente extraída a fórceps de meus pensamentos em total confusão, transforma o humor da Cacilda. Quase nunca penso nas consequências do que digo ou faço e me sinto um pouco nua ante tal constatação. Somos seres nos outros, em todos os outros ao alcance de nossos olhos, de nossa voz, e isso acarreta deveres para os quais nem sempre dedicamos qualquer atenção. A Cacilda, agora, é o produto de uma frase minha?

Seu rosto aberto me cerca inflexível e estremeço só de imaginar o que possa esta mulher estar engendrando a nosso respeito. Sua pausa começa a me dar nos nervos – deve estar com alguma dificuldade na formulação de seu pensamento. Chamo o garçom apenas para fazer alguma coisa e acabo por pedir um sorvete. Dois, ela pede. Então volta a me conter inteira dentro de seu olhar e me informa que, em seu modo de entender, já está mais do que na hora de vivermos juntas, isto é, pretende mudar-se para meu apartamento.

As catástrofes não acontecem de súbito, elas se fazem anunciar por sinais que nem sempre percebemos. Mas eu vinha esperando por algo insólito, como anunciava seu comportamento, só não imaginava uma proposta torta e tão fora de propósito. Ela continua descrevendo seu projeto, distribuindo objetos nos espaços, esboçando um regulamento para nossa convivência. Estou pasma, talvez pálida, e não consigo interromper seu discurso triunfal. Mas me fecho toda a suas palavras disparatadas, que deixo de ouvir, até que, cansada e sorridente, ela espera que eu diga alguma coisa.

— Nem pense numa coisa destas, Cacilda.

Minha indignação me põe uns trêmulos na voz que me sai em falsete. Nem pense, eu repito, e a Cacilda cai da altura de seus sonhos absurdos, cai de corpo inteiro sobre a mesa, onde o garçom acaba de depor dois sorvetes.

E na queda que ela sofre saltam duas lágrimas grossas borrando sua maquiagem. Ela me pergunta por quê.

— Escuta aqui, Cacilda, eu não preciso de razões para querer ocupar meu espaço sozinha.

Ela pega a bolsa e se levanta. Fica um tempo parada, e percebo que está indecisa. Finalmente me encara e me ataca.

— Vagabunda.

E se afasta com passo pesado. Lamentável tudo isso, esse final melodramático da Cacilda.

Augusto

8

Quando penso em mim como esta unidade de sensações, emoções e pensamentos, quando me dou conta de que não sou todos os outros, um ser à parte isolado nos seus limites, me acarreta a lembrança de todos os fios que partem e chegam me ligando a obrigações que voluntária, mas inconscientemente, fui aceitando como uma vantagem. A Olívia chega com as mãos ocupadas: um copo com água e sei lá que tipo de comprimidos.

— Cuidado com os analgésicos. Isto está com cara de dengue.

Ela esclarece que já leu o folheto explicativo. Perigo nenhum. Ela com cinismo colado ao rosto me pergunta por que não consulto meu irmão, e tenho de usar toda a rispidez ainda possível aqui no fundo da cama para dizer que essa gente para mim não tem mais existência. Que sim, à tarde vou procurar algum médico, qualquer clínico sabe diagnosticar: febre, dor de cabeça, dor nas articulações, esta náusea. Mas só à tarde, depois da audiência.

Minha mulher senta-se com delicadeza na beirada da cama e depõe copo e comprimidos sobre o criado-mudo. Não senhor, sem audiência hoje, entendeu? Eu sorrio para ela, um sorriso que é pouco mais do que um esgar dos lábios. Seu tom imperioso me transforma subitamente num menino enfermo, ela em exercício de maternidade.

Então, como criança, eu me sinto um rei em sua cama com dossel sendo cortejado por uma única súdita a quem não devo obediência. Com gesto largo, talvez solene em excesso, sinalizo que não. A Olívia me olha espantada e pergunta, Como assim? Por isso resolvo traduzir em palavras minha decisão porque uma vez a audiência já foi prorrogada por coincidirem duas no mesmo dia em cidades diferentes. Entende? Ela se conforma, sim, o cliente ficaria muito aborrecido. Febre ou dores, esta náusea desagradável, nada poderá me impedir de cumprir com meus deveres.

A Olívia me faz tomar os medicamentos, me agasalha bem com o edredom me cobrindo até o pescoço e me dá um beijo na testa febril. E por falar nisso, é assim que ela começa normalmente um assunto. Já temos a papelada em ordem, os arquivos no computador distribuídos por temas, as fichas cadastrais com as respectivas procurações em ordem alfabética, seu trabalho em dia, tudo codificado para agilidade maior dos serviços e tempo de sobra para estudo dos processos. Não é mesmo? É assim que ela começa. Concordo que é assim mesmo, e da introdução me relampejam desconfianças.

Pois bem, e ela se levanta para buscar meu café, você de

estômago vazio, só um minuto. Se afasta dando a mim o espetáculo de um vestido que escorre por suas curvas perfeitas e seu passo de valsa. A Olívia é minha vaidade, minha grande vaidade, e fico fixo em contemplação de seu corpo e estas lágrimas são de alegria. Mas o que estará pretendendo minha mulher que, dizendo E por falar nisso, introduziu algum assunto que ainda não sei qual seja? Tudo que ela acabou de dizer é verdadeiro. Sobre os serviços do escritório. Mas me deu a impressão de que há algo mais a ser dito. E por falar nisso.

Examinando a extensão do quarto, descubro que ocupo bem pouco espaço, e a mulher com quem formo um casal brilha em seu interior sem me sufocar. Por razões assim claras e de fácil exposição é que posso concluir que sou feliz. Mas feliz a ponto de não compreender a ausência da felicidade. Tenho certeza de que o que sinto neste momento já vinha sendo preparado desde minha infância. Eu sempre tive esta mulher que vem chegando com a bandeja, mesmo quando a não tinha. Ela era minha como resultado final e natural, tão natural como a chuva que sempre despenca das nuvens.

Sentado com as pernas cobertas pelo edredom, empunho uma fatia de pão com margarina e começo meu desjejum, que já vem a galope a fome. A Olívia volta a sentar-se no lugar de onde levantou há pouco e recomeça. Ela nunca esquece o que havia iniciado. Eu mastigo e ouço. Ela não me trouxe as talhadas de mamão, como é costume, alegando que fruta não combina com cama. Me parece uma grande bobagem, mas prefiro calar para não desagradá-la. Seu perfume é mais intenso do que o aroma quente do café. Um aroma levemente marrom. Seu perfume, um pouco alcalino mas discretamente afrodisíaco, quase substitui minha fome, pois ainda tenho algumas horas antes da audiência. Isso é coisa de provocar o esquecimento da dor.

    Meu cansaço tem alguma coisa de preocupante, como certo apetite que não posso saciar enquanto estiver acamado, entregue a meus pensamentos e ao perfume da Olívia. Ela percebe a fraqueza que me abala e me acaricia a testa com gesto extremamente delicado, a ponto de despertar minha autocomiseração. Paro de mastigar para ouvir melhor e peço-lhe que repita o que acaba de dizer, o que ela faz com as mesmas palavras que me prejudicaram o conforto. Que está mais do que na hora de contratar um jovem recém-formado para ser meu auxiliar. *Quousque tandem abutere*, Olívia, *patientia mea?* Pois então você não vê que mais uma vez está propondo aumento de despesas?

    Em lugar de uma resposta com argumentação lógica, minha mulher retira a bandeja, me deita e me agasalha. Então me beija a face escaldada, e diz que o movimento do escritório exige mais de um advogado.

    — Você quer, você vai a esta audiência hoje à tarde, mas aceite sem choramingar as consequências.

    Ela me olha sorrindo, com um olhar que me dói lá na base das vistas, a parte de trás dos olhos. E me avisa que antes vai me levar a uma clínica.

    — Já que você não quer consultar seu irmão.

    É a primeira vez que ouço uma gargalhada da Olívia, sua primeira descompostura visível, muito notável.

Júlia

7

Um lugar neutro, ele exigiu; mesmo assim, depois de muita insistência minha na necessidade desse encontro.

— Ele pensa como advogado porque já esqueceu o papel de irmão.

O Ponto Final foi escolha dele, lugar silencioso e aquelas mesas no terraço. Sem um minuto de atraso eis que o Augusto apareceu e percebeu meu braço erguido. Eu já tinha escolhido o lugar. Era uma hora boa, poucas mesas ocupadas. Sentou na minha frente, me cumprimentou com seco boa noite saído de lábios secos e chamou o garçom. Ele agora está um pouco mais magro, moldura arroxeada em volta dos olhos. Mais velho. Senti frio na boca e no estômago com os modos mais do que formais, posso dizer mesmo que eram modos um tanto hostis. Muito tempo, depois de nosso último encontro, Augusto. E nosso irmão, que estava com o nariz dentro do copo de suco de limão ficou assim uns segundos para não ter de responder. E não respondeu. Minha frase ficou no ar, ridícula, pois eu acabava de inventar o solilóquio.

O silêncio que então durou me pôs nas palmas das mãos um suor frio que enxuguei cuidadosamente e sem pressa com um guardanapo de papel. Acabei fazendo com o guardanapo uma bolinha com que brinquei fazendo-a rolar de um lado para outro enquanto esperava o Augusto me dar atenção olhando pra mim. Isso demorou, e por fim, ao me encarar, perguntou com brutalidade, O que era mesmo que você queria me dizer? A mesa balançou e os copos quase caíram porque um vento ruim jorrou de sua boca.

Era medo e não arrependimento. Um medo que eu não poderia explicar tampouco designar, mas que me comprimiu as têmporas, e foi quando vi, na outra extremidade do terraço, sentada com a mãe tranquila, uma menina que caberia inteira nos meus sonhos. Cachos dourados e um vestidinho azul. Nem com isso aquele maldito conseguiu me completar, portanto, recaiu em mim a fragilidade de uma mulher: incompleta.

Fingi não me sentir intimidada e disse ao Augusto que não se exaltasse, pois se tratava de nossa mãe doente. E reforcei o possessivo para que ele se desse conta de que é filho, tanto quanto eu. A nossa mãe.

Bem, num caso destes, foi o que sempre pensei, aparece o caminho de uma reconciliação. Mas você vai deixar o café esfriando? As coisas que inventei daquela Olívia! E com tanta convicção que se transformaram em verdades. Por fim, já sentia remorso por causa dos exageros. Até de zona andei falando. Não, não você sabe muito bem que não. Invenção pura.

Uma coisa que me irritou, Marco, foi o Augusto, desde

que sentou à minha frente, não mover um só músculo de satisfação pelo encontro. Nosso irmão. Um rosto feito de aço ruim, aquela imobilidade. A nossa mãe, repeti. Ele já estava ausente? Remexia uns cubos de gelo restantes do suco, mirando o copo como relojoeiro antigo a observar o pequeno mecanismo, a mesma concentração. Assim, acredito, ele me expulsava de sua presença ao mesmo tempo que diluía meu assunto, transformado em nevoeiro.

Sem me interromper, ergueu o braço com indiferença e o garçom se aproximou. Como se eu não estivesse descrevendo os males da mamãe, há duas semanas com o corpo despejado na cama, com a febre desconhecida a cavar covas em seu rosto. Que às vezes, dormindo, repete, entre sons engrolados, seu nome, Augusto, seu nome. Ele queria saber? Talvez quisesse, mas não demonstrava.

O suco finalmente chegou, então esperei que ele tomasse o primeiro e demorado gole para introduzir a parte central do meu discurso. Que numa hora daquelas, estava aberto o caminho para uma reconciliação. Quem, eu?, ele esbravejou com faíscas nos olhos e sulcos muito fundos na testa. Aleguei sua condição de filho, e ainda mais, o filho predileto, como todos sabem.

O Augusto primeiro me cravou dois olhos duros e agudos no rosto, com aquele brilho metálico produzido pelas faíscas, um ar composto para cometer alguma violência. Não é nenhum exagero o temor de uma agressão física e retesei os músculos pensando, pode ser que me bata, mas tenho energia para resistir. Além disso, estávamos em lugar público: o terraço já estava quase inteiramente tomado. Mas sua expressão de ódio foi-se aos poucos amaciando até transformar-se num sorriso de aparente concordância com minha proposta.

Reconciliação, ele repetiu baixinho, enquanto decerto preparava-se para reagir. Reconciliação. Tragou meio copo de limonada, ergueu as sobrancelhas de um modo muito cínico, o que me fez pressentir sua resposta intolerante.

— Concordo com a reconciliação.

Mas seu ar escarninho não me enganava.

— Só que tem uma condição. Os dois, meu pai e minha mãe, vão ter de pedir perdão à Olívia pelo esforço que fizeram para nos separar.

E soltou uma gargalhada realmente diabólica. O sentido de vitória que vislumbrei em seu rosto me jogou no chão, onde fui arrastada com desprezo. Me senti pequena, inútil, e resolvi encerrar o assunto.

Agora me sinto culpada por não ter conseguido convencer o Augusto. Devo ter errado em algum ponto, no modo como encaminhei a conversa, talvez.

— Quando se lida com um sujeito ordinário, como aquela mulher transformou nosso irmão, não se pode pensar em culpa, Júlia. Tudo pode acontecer.

— E pensar que você teve a indecência de transar com ela sem pensar nas consequências, sem imaginar este rolo todo em que nos meteu.

O ar de sofrimento do Marco me causa dó – o dó do perdão.

Augusto

9

Não foi por temor que mudamos de clube, mas por uma espécie de repulsa que se instalou mesmo na fonte de nossos sentimentos. Seria muito desconfortável, em plena calma de um almoço domingueiro, encontrar qualquer um deles, ou todos, naquele espaço de descanso. Constrangimento recíproco suficiente para estragar uma tarde toda. Uma tarde de domingo. Por isso abandonamos as tradições da família e viemos fazer nosso ponto no concorrente. E saímos ganhando porque o serviço deste restaurante é bem melhor, mais sofisticado, e os pratos, então, nem se fala. A Olívia sugeriu que ocupássemos um dos gazebos, protegidos do sol. Ela não tem muita inclinação pela natureza e diz que debaixo das árvores há sempre muitos insetos maliciosos. Não sei bem o que ela quer dizer com maliciosos, mas suponho que ela queira dizer malignos, ou daninhos. Seu vocabulário estreito.

Percebo que minha mulher começa a piscar lentamente e se torna distante, então resolvo atiçar sua atenção, pois ainda não estou com vontade de me encerrar dentro de casa.

Minucioso, o relato dá novamente vivacidade à expressão de seu rosto satisfeito de almoço contido dentro dos limites permitidos pela silhueta desejável. É como se estivesse acordando, quando digo que entrei no terraço do Ponto Final.

— E ela?

Então conto como a Júlia ergueu o braço lá do outro lado, sabe, perto da mesa que quase sempre ocupamos. Lugar afastado, de menos barulho. Meu cumprimento curto e seco deixou a megera desnorteada, sem saber como começar a conversa. Então apelou para a bobagem de uma tentativa de conversa sentimental. Muito tempo depois do nosso último encontro, não é, Augusto? Eu tinha pedido um suco de limão, aquele que eles fazem com limão cravo e que ninguém faz igual. Enfiei o nariz dentro do copo para escapar da cilada esperta da Júlia e não respondi. Imagina como ela ficou encolhida com uma frase que não encontrou seu destino. Ela não sabia o que fazer com as mãos nem onde botava os olhos. Aquele silêncio.

Ela conseguiu se recuperar com um guardanapo de papel, limpando o suor das mãos completamente idiotas e sem função. Eu ali, sem dizer nada. Não foi ela quem pediu o encontro? Que se abrisse com seu assunto. Fez uma bolinha com o guardanapo úmido e ficou brincando com ela enquanto eu olhava para os lados, fingindo distração, assim como se na minha frente não houvesse ninguém. Por fim, obedecendo ao impulso da irritação, perguntei, O que era mesmo que você queria me dizer? Mas fiz essa pergunta com a cabeça adiantada e com os braços tomando conta da mesa, que balançou como se passasse uma ventania entre nós. Acho que ela se assustou.

A gargalhada vitoriosa da Olívia me anima e continuo a narração.

O sol agora nos atinge e a minha mulher se levanta para arrastar a mesa até a sombra que cresceu no outro lado. Nós dois coordenamos nossos movimentos e alcançamos a sombra com sucesso.

A Júlia, eu prossigo, não se intimidou com a minha pergunta e disse que eu não me exaltasse, mas precisou de um bom tempo de rosto virado para a esquerda para então me contar que nossa mãe está doente. Ela, a Júlia, teve a coragem de vir me falar da nossa mãe, com a cara tão inocente como se estivesse acabando de nascer. Corto meu pescoço se não foi ela a maior intrigante, cobra venenosa que envenenou nossa mãe contra você.

— Me desculpe a franqueza, mas essa tua irmã não vale nada.

Veio com uma conversa besta sobre nossa mãe acamada, falando meu nome em seus delírios, essas coisas. Deve ser de remorso e não me comoveu. Então sugeriu que era a oportunidade de se promover uma reconciliação. Entendeu, Olivia? Uma reconciliação. Esta segunda gargalhada da minha mulher é ainda mais musical do que a primeira, como se agora, finalmente, ela atingisse as grimpas da alegria. Mais distendidos os músculos de seu rosto, à sombra, a Olívia é uma deusa do Olimpo. Evitei qualquer sinal de haver entendido ou pelo menos ouvido o que ela dizia. Me concentrei nos cubos de gelo que restaram do suco, que boiavam na própria água, e assim nessa atitude fiquei como se estivesse no Ponto Final sozinho, talvez esperando alguém.

Pedi outro suco no meio da conversa dela sobre doença e

reconciliação. Que eu sempre fui o filho dileto de meus pais. Então sorvi um grande gole do suco, demorado, antes de jogar em seu rosto o ódio que o assunto já estava causando. Na verdade, Olívia, eu tive foi muita vontade de esbofeteá-la. Mas nesse tempo, mudei de ideia.

Olho em volta e só a distância, por debaixo das árvores, onde também habitam insetos maliciosos, vejo grupos de pessoas totalmente paradas como se por um momento não fosse preciso viver. Por isso podemos rir e conversar sem travas na voz, pois à vista daquelas pessoas é como se estivéssemos numa câmara isolados de todos os seres com olhos para nos observar. E eu me sinto feliz por estar relatando a você todos os passos do encontro com a Júlia, do qual saí fortalecido.

Meu rosto distendeu seus músculos do ódio e um olhar manso, cheio de afeto, transformou meu semblante. Percebi na expressão da Júlia que ela se convencia de que estava vencendo minha resistência. A palavra reconciliação repercutia em minha cabeça. Por fim, falei.

— Concordo com a reconciliação.

Não sei se ela acreditou. Me parece que sim. Por fim, concluí, e este foi o golpe final.

— Só que tem uma condição. Os dois, meu pai e minha mãe, vão ter de pedir perdão à Olívia pelo esforço que fizeram para nos separar.

— Bem feito, Augusto. Muito bem feito.

E soltei neste ponto uma gargalhada que me subiu dos intestinos, com bafo de garganta suja, com meu desprezo pela tentativa inglória da Júlia, e com certeza de havê-la vencido.

10

No início, logo na primeira vez em que a Olívia propôs esta comemoração, eu me opus, achando que era uma bobagem uma comemoração a três, mas minha vida anda com tanta folga para os assuntos mais importantes, para o estudo e pesquisa na preparação dos processos, que acabei aquiescendo. Que seja: uma comemoração a três. Enfim, como disse minha mulher, há dois motivos: a contratação do Reinaldo e a vitória do frigorífico, em que estivemos na defesa. Mas o dr. Reinaldo já está com a gente há tanto tempo. A Olívia me olhou com dois olhos grandes, Pois então, e até hoje não comemoramos a oportunidade da contratação. Além disso, o desfecho favorável do julgamento vai render dividendos de prestígio muito grandes.

— Tudo bem, então você se encarrega deste nosso evento íntimo. No fim do expediente nós três comemoramos. Ou você quer convidar alguém mais com quem compartilhar nossa alegria?

Ela parece não ter gostado muito do modo quase desdenhoso com que me referi à sua comemoração. Mas voltou para sua sala sem dizer nada e logo depois me avisou que sairia para fazer algumas compras.

Muitas vezes eu sinto que me deixo conduzir, não sei se por excesso de amor ou por fraqueza da minha vontade. Mesmo não sabendo por quê, ser conduzido pela Olívia é algo que me encanta. E sigo, sem pudor, os caminhos que ela me indica. Como num jogo infantil, quando é apenas jogo.

O Reinaldo acaba de chegar da rua, a gravata torta, a pasta na mão direita, me cumprimenta sem entusiasmo e ocupa sua mesa. Pergunto se correu tudo bem, e ele confirma que sim, que correu tudo bem, mas apenas com um gesto da cabeça, que ele sacode várias vezes. Deve estar cansado. A Olívia tem razão: sua competência.

Preciso ainda assinar uma petição e duas ações. Amanhã prefiro comparecer eu mesmo. O processo todo foi informado por mim, conheço todas as pedras do caminho.

No começo pensei que seria inútil me simular ocupado, mas com o tempo descobri que o dr. Reinaldo, por trás de seus papéis também me observava querendo saber. Tenho uma petição e duas ações para assinar e protelo o momento para que esteja realmente ocupado quando a Olívia nos convocar para a comemoração. Por isso passo os olhos sonolentos por cima das laudas da grossa pasta do processo, e me demoro retendo o olhar vazio sobre cada folha num exercício tão inútil quanto cansativo. Ler no monitor, ah, isso é coisa que meus olhos se recusam a fazer. Eu também.

Não há por que começar algum trabalho ainda hoje, faltando alguns minutos para o fim do expediente. O sol ainda atravessa a persiana em fatias luminosas por causa da estação, quando a gente entra em casa e ainda é dia.

A Olívia acaba de chegar e esfuzia na porta, com as duas sacolas pesando penduradas em suas mãos. É aí ou aqui, o que ela pergunta, e sugiro que se arme a festa sobre a mesa do dr. Reinaldo, porque, afinal de contas. Ele nos mira com certa profundidade, mas sem perceber do que estamos falando. Minha mulher, com decisão, ajuda-o a desocupar a tampa de sua mesa e começa e empinar taças e duas garrafas de champanha, de uma das sacolas. Da outra, retira salgadinhos como se devêssemos sentir fome por ser uma comemoração. Não digo nada por ser ela, a minha mulher, mas me parece descombinar a bebida com o de comer.

Quem abre a primeira garrafa é o dr. Reinaldo, e nós todos batemos palmas com o salto esquizofrênico da rolha e a bebida fervilhante querendo fugir. Nossa festa. Levantamos um primeiro brinde, depois de rápidas explicações a respeito do evento. Minha mulher pede que eu faça discurso, mas sacudo a cabeça: aqui não. Me sentiria muito ridículo orando para duas pessoas. Simulação de alegria? Então digo apenas que comemoramos a entrada do dr. Reinaldo para nosso grupo, e ele fica um pouco mais corado, seu rosto quase de menino. Mesmo assim, encabulado, ele sorri meio sem jeito e pede mais uma taça de champanha. Além disso, uma conversa entre amigos, sem o vozeirão de tribuno, apesar de comemorarmos também o sucesso final do processo do frigorífico. Novamente batemos palmas e erguemos novo brinde.

Começamos a ficar alegres, e nossas vozes se soltam no

ar livre e iluminado da sala, com risos e palavras de alegria etílica.

Tiro meu paletó, visto com ele o espaldar de uma cadeira e afrouxo o nó da gravata; o dr. Reinaldo me imita e arranca a gravata com euforia nas mãos; a Olívia não tira nada: seu vestido grudado em suas curvas.

Não sei de onde apareceu este aparelho de som. A Olívia sabe conduzir um evento. Só pode ser ela. Não me levanto ao primeiro convite, então ela coleia na minha frente com tanta afinação que se tem a impressão de que a música emana de seu corpo. Ela repete o convite e não resisto mais. Apesar de ser um ritmo destes modernos, arrisco acompanhar minha mulher. E não é que ela me conduz e tudo fica muito fácil! Não posso errar o passo porque o dr. Reinaldo não tira os olhos de nós dois e seria ridículo não saber dançar só porque é um ritmo destes modernos. A Olívia gosta de dançar bem colada em mim a ponto de sentir de vez em quando sua coxa invadindo o vão entre minhas pernas. Ela procura minha boca, e eu reluto porque estamos só nós três aqui na sala e fica parecendo uma provocação, e o coitado do dr. Reinaldo vai ficar constrangido por ter de testemunhar uma cena um tanto sensual. Ela acaba conseguindo seu intento, e sua mão esquerda segura minha nuca para que eu não fuja mais de seu beijo prolongado.

Acho que é uma espécie de vingança do dr. Reinaldo. Ele enche uma das mãos de salgadinhos e come com inexplicável afobação. Com pressa.

Entramos nos segundos de intervalo para a terceira música e me recuso a continuar dançando. O suor me cobre o peito e as costas, além do rosto. Preciso descansar: *requiem aeternam dona mihi*. A Olívia dá sozinha uma volta pela sala, com seu passo, e convida o dr. Reinaldo, que me olha em consulta tímida, e aceita porque o gesto da minha cabeça é uma concordância. Pode-se ver que para ele estes ritmos são familiares. Os salgadinhos devem estar esfriando, por isso, antes que esfriem totalmente, me sirvo de alguns deles.

O champanha acabou e desligo o aparelho de som.

— Foi uma bela festa de comemoração.

Assim mesmo, decreto a hora de ir para casa. E saímos os três, cansados, risonhos, e certos de havermos composto um grupo unido, que se prepara para muitas outras vitórias.

Um sentimento épico me retarda o sono.

Marco Aurélio

8

Estou perdido, minha irmã.

A Júlia me parece meio contrariada por eu ter proposto este encontro, mas pode ser engano meu. Ela cruza os dedos e torce as mãos como se quisesse arrebentar alguma coisa. Me entregaram, eu disse ao telefone. Alguém me entregou. E ela só disse que eu tivesse calma. Que viria até aqui quando fechasse o consultório. Na hora marcada, dispensei a recepcionista, e ainda tive de esperar uns quinze minutos para que ela chegasse, como de fato chegou. Me abraçou com um suspiro muito fundo, sacudindo o peito, antes de dizer qualquer coisa.

— Que merda, Marco. Que merda.

Então sentamos no sofá e ela me pede que conte tudo, sem omitir nenhum detalhe. Eu examino seu rosto, muito interrogativo, pois, na minha opinião, os detalhes são até dispensáveis, mas satisfaço a curiosidade da Júlia e, antes de começar, tusso e começo.

Quando abri a porta da sala, um sopro me atingiu os ouvidos, um sopro estragado por voz de algum choro como se houvesse uma causa, e reconheci como se estivesse vendo que era a voz da Raquel, àquela hora esperando minha volta do consultório, como todos os dias. No fim da ladeira, no alto, o burro parou e ouviu o chicote zunindo no ar. Encolheu-se preparado, mas não foi atingido. Então voltou a cabeça e mirou o velho como se ele não estivesse sentado na boleia da carroça. Completamente vazio de pensamentos, mesmo assim não quis continuar. Estava no meio da rua, no meio do dia, no meio da vida. E o meio é onde se encontra a virtude asinina. Ela se levantou antes que eu desse dois passos casa adentro. Corri ao seu encontro, coitada, precisando talvez de consolo para algum desastre. Só que, antes de chegar à metade do caminho, ela, com as duas mãos fez gesto de me empurrar e disse, Não chegue perto de mim. E soltou com mais veemência o choro aguado com que me assustava.

O Ronaldo chegou correndo da sala de televisão, e os gritos dos dois, somados, pareceram guinchos das trombetas do inferno. Ele se jogou nas pernas da mãe, abraçado, e ela o enxotava com gestos cheios de ângulos de histérica, seus gestos convulsivos. A entrada do meu filho me deu um tanto de tranquilidade, pois justamente nele que pensei como a causa do comportamento inesperado da Raquel. Por isso, num impulso corajoso, dei mais alguns passos e a tomei com minha força pelos pulsos que ainda tentaram resistir. Em vão.

— Mas o que foi que aconteceu?!

Foi tamanho o vendaval da minha pergunta que, assustada, ela parou de gritar e ficou me encarando por dentro das lágrimas grossas que a deixavam míope. O que foi, repeti até conseguir abafar sua vontade de chorar. Que foi. Senti pela falta de resistência de seus braços que o primeiro *round* fora vencido. Sentamos por fim no sofá, a Raquel deu um beijo no rosto do Ronaldo e disse a ele que fosse terminar de ver seu desenho. A calma da mãe afetou o menino, que, afetado, nos deixou sozinhos na sala.

— Mas então, o que foi que aconteceu?

— Nojento – ela disse com outra voz, uma que agora subia dos intestinos – teve a coragem de me trair.

Comecei a desconfiar do que poderia ter causado toda a cena, mas não atinava com os caminhos percorridos pela verdade. De qualquer forma, estava decidido a transformá-la em pó. E, mesmo imaginando a causa do ataque nervoso da Raquel, compus uma expressão de espanto no meu entender muito convincente.

— Do que é que você está falando, Raquel? Que loucura é essa agora!

Minha mulher, sempre tão macia em suas delicadezas, levantou-se com brusquidão, que é um modo de se levantar com os instintos animais, percorreu os interruptores e deixou apenas a luminária central iluminando a sala, que então se encheu de sombras. Voltou a sentar-se no sofá, só que agora um pouco mais longe de mim.

— Do que é que eu estou falando, hein! Do que é. Se faz de inocente como se ninguém soubesse que teve um caso com aquela vagabunda da nossa cunhada. E não sei se não continua tendo.

Dizer que gelei não é bem a verdade porque além de gelar esmoreci. Por uns tempos, poucos segundos que equivaleram a uma vida inteira, fiquei sem ação, sem fala, sem movimento, inteiramente paralisado. Espero que a Raquel não tenha notado a vertigem que senti naquela queda. Parece que não percebeu nada. Comecei, à falta de reação melhor, a repetir em vários tons de voz, Absurdo, absurdo, absurdo.

E enquanto repetia a única palavra que me ocorreu, juro que estive muito tentado a me ajoelhar na frente da minha mulher, abraçando suas pernas e inundando de lágrimas seus joelhos para confessar minha fraqueza e lhe pedir perdão. Juro. Ela entenderia que foi a maior beneficiária do meu ato? Presa como eu, como você, a uma moralidade tradicional jamais entenderia que um ato de infidelidade pode salvar um casamento boiando em água morna, como tenho lido por aí. E isso aconteceu. A libido renovada. Ah, bem que ela percebeu, sem que jamais imaginasse que todo aquele prazer que nos causamos vinha de uma traição. As palavras chegaram ao oco da minha boca para escancarar a verdade, mas era preciso uma coragem que não tenho. Isso eu descobri exatamente naquela hora: a coragem não é uma de minhas virtudes.

Considerando de frente minha falta de coragem, num clarão me lampejou a certeza de que não tinha outro caminho senão recriar a verdade à minha maneira, que era somente negar a existência dos fatos de que a Raquel estava agora convencida.

— Onde é que você foi buscar um absurdo tamanho, Raquel?

Era uma voz pálida, como um sopro sem identidade. Um sopro. E se disse uma amiga que preferia continuar ignorada. Não, que além do caso com a recepcionista, nada mais poderia dizer. E desligou como se acabasse de inventar o fim do mundo, aquele clique amedrontador.

Então reagi com furor, que é o modo como reage quem não tem razão, mas quer parecer que tem. Ameacei uma voz que não passava de um sopro com palavras violentas, propondo sua destruição com todos os instrumentos que um homem irado pode encontrar para destruir.

Por fim, cansada de me ouvir, a Raquel me perguntou se podia interrogar a própria Olívia sobre o assunto. Engasguei com sua pergunta, gaguejei para responder, e disse que Claro, é o melhor que você pode fazer para ter certeza de que tudo isso não passa de uma tremenda mentira.

Amanhã as duas vão se encontrar.

— Estou perdido, minha irmã.

Augusto

11

Seu espanto está patente nas sobrancelhas erguidas: o rosto espantado. A Olívia nem sempre entende minhas intenções, mesmo quando não existem. Retiro a chave do orifício com gesto medido e angular, como se estivesse jogando um punhado de terra sobre o esquife a sete palmos de profundidade na direção do centro da Terra, lá de onde apenas a imaginação é capaz de fazer alguém voltar. Minha mulher alivia a tensão das sobrancelhas e me perscruta querendo entender.

Faço tudo com largueza, esta plenitude, as mãos e a testa suadas, os olhos pensando inteligentes, e isso porque necessito de testemunho.

— Mas o que é isso?

A Olívia bem que percebe haver no ato um significado que o transcende, que o torna especial, muito maior que si mesmo. Ela se levanta para abrir a janela por onde entrará o ar de sua respiração. E se vira para não me perder de vista. E virada, me fita com admiração como se contempla o monumento por trás do qual uma longa história o justifica. Mas em seu olhar adivinho-lhe a apreensão de quem não conseguiu ainda entender o futuro.

— Você com isso está querendo dizer que abandona a profissão?

Meu anel de rubi enterrado no fundo de uma gaveta, soterrado por papéis com os quais não pretendo contato algum nos próximos vinte anos.

— Posso muito bem ser um bom advogado sem esse anel. *Requiescat in pace.*

Ela traz sua expressão apreensiva de quem ainda não entendeu para mais perto de mim e senta-se na cadeira à minha frente. Impressionada, bem percebo, com a largueza de meus gestos. E como só o passado pode explicar o presente, é preciso que a leve comigo à minha formatura. E mesmo antes.

Desde cedo, bem criança e muito dos pais, ouvia aquela história de que um dos três terá de seguir minha carreira. Um dos três. E isso me incluía. O Marco, com aquele seu jeito meio arredio, meio rebelde, não quis saber das ciências jurídicas. Ligado ao corpo, com suas matérias e seu funcionamento desde sempre, segundo nossa mãe, transviou-se das pretensões paternas. Sua aliada, então, a Júlia, ouvindo aquelas conversas, emburrava feito burra brava e sumia no quarto dela: sumida. Que nem em sonho, ela dizia. Ela, o que queria mesmo, era ter uma filha, como sempre dizia. Foi tratar de dente de leite, como até hoje, sem conseguir a maternidade tão desejada, a não ser essa falsa, que é um fingimento com os filhos dos outros na clínica.

Naquele tempo eu nutria enorme admiração por meu pai, seu saber, sua posição social, o respeito que merecia de seus pares. Queria também pra mim aquela fama. Não que eu não tivesse a vocação. Me parece até que nasci dentro de um fórum. Minha admiração por meu pai ia ao extremo de me sentir vesgo de inveja dele. No bom sentido, claro. Não, querida, inveja nem sempre é pecado, como ensinam por aí. Eu não queria destruir o que ele era. A inveja pode ser o sentimento que nos faz avançar para a mesma posição do invejado. Concorda? Pois então! Então é cobiça? Mas e os limites, veja bem! Os limites. Me sinto atrapalhado quando preciso descobrir os limites. Que não existem? Não sei, não. Eu invejava meu pai no sentido de que queria ficar igual a ele. Ter tudo que ele tinha, entende? Que é esse tipo de inveja, sem prejuízo do invejado. As pessoas diziam que eu copiava meu pai em tudo. Até minha voz: com todos os pigarros. Você já reparou como minha voz é parecida com a dele? Não!? Então é porque não prestou atenção.

Podia ter escolhido outra profissão? Claro que não. Realizando a ambição dele eu realizava minha vocação. Fui o primeiro da turma, sempre, e acabei o orador na solenidade de formatura. Ninguém se aplicava tanto nem levava tão a sério a faculdade como eu levava. Era um modo de vida, uma visão de mundo: aquilo que me fazia sentir por dentro de mim uma existência.

Foi na festa de formatura, a minha particular, a sala cheia de gente, colegas, amigos e parentes, que meu pai bateu palmas e pediu atenção. Um minuto da atenção de vocês, por favor. Demorou menos de um minuto para que todos entendessem que o Dr. Oscar Tavares solenizava o ambiente a partir da porta onde o círculo externo se fechava, então as pessoas que perambulavam pelo meio da sala começaram a se espremer cada vez mais para trás até que o espaço vazio, o centro de onde tiraram a mesa de jacarandá, ficasse à nossa disposição. As vozes também foram diminuindo e, por fim, se podia ouvir mesmo a respiração dos que respiravam mais.

    Meu pai com passos largos, um imperador romano, como apodava os filhos, seus passos firmes, dirigiu-se ao centro, de onde retiraram a mesa de jacarandá, e iniciou um discurso como se fosse um senador em exercício de salvamento da república. Se eu fiquei encabulado? sim e não. Meu peito estava querendo estourar, minha vaidade, mas por decoro fingi modéstia, os olhos baixos como se estivesse sofrendo a acusação de uma covardia. Eis aqui a meu lado o tribuno portentoso, o jurisconsulto que a pátria inteira aprenderá a admirar. E dizendo isso, acrescentou que passava a meu dedo o anel que há mais de quarenta anos fora sua insígnia. E ele mesmo colocou no meu dedo seu anel de rubi. Ele me nomeava seu sucessor? Talvez. E aceitei a incumbência transbordante de orgulho. Não consegui agradecer com discurso eloquente como o dele, porque o peso do anel me emocionava. E tanto que foi difícil conter as lágrimas em seu lugar.

    Hoje, quando me lembro de tudo isso, engulo a raiva ao pensar que nada sobrou do passado. De quem a culpa? De todos e de ninguém. Você pode ter sido o objeto causador, mas não o sujeito da causa. Meus pais e meus irmãos, esses sim, por causa do preconceito agiram com mesquinhez contra você. Portanto, contra mim também.

    Tenho a impressão de que nunca mais em minha vida esse anel aí vai emergir da gaveta. *Requiescat in pace.*

    — Sim, minha querida, precisamos contratar um ajudante. Com urgência.

Marco Aurélio

9

Caramba, mas essa Emma parece mesmo é que está doente. E o filho sumiu? Nove horas e eu não durmo nem consigo acompanhar direito o filme. Nove horas e a Raquel ainda não voltou nem telefonou. E me aparece agora com outro amante?! O corno do marido, como pode não suspeitar de nada! Pena dele, um coitado, o meu colega. Elas, as duas, como será? Aquela Olívia, não tenho nenhuma confiança nela. O que pode estar contando à Raquel? Estou perdido. Bem, mas ela pode também querer salvar seu casamento. Sim, pode. Então nega tudo. Mas quem teria sido a filha duma puta do telefonema anônimo? Alguém que se esconde num fio de telefone e conhece a história. Mas quem? A própria Olívia?! Não acredito. Apesar de a maldade humana nem sempre se guiar por alguma lógica. Pelo menos uma lógica conhecida. Ah, sim, mas agora ela entrou num castelo. Aquele cara com quem ela cavalgava nos campos é um nobre. E o marido não passa de um médico de província. Os romances que ela lia. Esta Olívia, não sei, não. Parece mesmo é que está doente. Sim, mas o que é que ela ganha em me denunciar se também se denuncia? Vai negar. Com toda certeza vai negar. Um telefonema anônimo, isso é um lugar comum sem a menor graça. Quem acredita em telefonema anônimo? Quem? Eu não acredito. Metido a médico, aquele farmacêutico. Há pessoas que se supõem acima do que são. Eu não acredito. Por princípio, não acredito.

Enfim, ei-la. E não gosto da cara com que chega. Me levanto com muita naturalidade, como se estivesse tranquilamente à sua espera. E a Raquel não é que me evita e me recusa o rosto para o beijo? Joga a bolsa em cima da mesa e vem sentar na poltrona aqui ao lado. Não pergunta se estou acompanhando o filme e desliga a televisão. O silêncio que rebate em meus ouvidos tem alguma coisa de apavorante. Não quero abrir o assunto, mas a custo me contenho. Ela suspira com o corpo todo, e principalmente com o peito, que sobe puxado pelos ombros. Não me encara. Então começa a falar com voz fraca e grave, uma voz produzida no peito e que tem estranha vibração ao passar pela garganta e desembocar na boca: o oco de ressonância. E repete algumas vezes como se estivesse sozinha na sala, olhando para o nada em que por certo está se sentindo imersa, que não, jamais poderia supor uma traição. Adeus confiança.

Não consigo dizer uma única palavra com medo de romper este seu desvario, ou devaneio: um sonambulismo. Mas medo, principalmente, de dizer a palavra errada.

Eu não tenho respostas para minhas perguntas nem sempre bem formuladas e olho ao meu redor assombrado à procura de um galho de árvore que me sirva de apoio, onde possa me agarrar para não ser arrastado pela enxurrada. O velho finalmente desce da carroça e segura o freio do burro pela alça e segue o caminho puxando o animal que puxa a carroça onde estão depositadas todas as esperanças de que a vida chegue ao ponto mais alto da colina. Meu arrependimento é tal que posso jurar nunca ter acontecido nada entre mim e a Olívia. O passado vai ser refeito e saio puro e inteiro de dentro dele.

São mais de dez horas e a noite está nas paredes mal iluminadas pelo que transborda do abajur, que produz mais sombras do que luz. Por algum tempo, imerso no silêncio em que ela se planta e esfumado pela obscuridade, me surpreendo pensando que esta mulher está representando um melodrama barato. Castigo? Mas não é possível desenvolver um pensamento que dê base a essa ideia. Ela baixa as pálpebras e as comprime, então aproveito para contemplar seu rosto. É apenas um instante, suficiente, entretanto, para perceber que sua testa exsuda e está alagada de suor, por isso concluo que não se trata de fingimento, pois ninguém representa reações apenas biológicas, involuntárias. O burro, seu passo pesado, lento e indeciso, o passado penetrando o presente.

Bem, penso cá comigo, que faço eu aqui, que não faço nada? Estar sentado no fundo do sofá com todo meu corpo apoiado em nádegas cansadas de tamanha espera, isso me acusa, por acaso? A Raquel bem pode estar à espera de uma reação minha, e eu não sei ainda como reagir. Mas se foi ela que chegou e talvez tenha novidade, a iniciativa tem de ser dela.

Seus olhos finalmente se acendem num brilho molhado e ela me pergunta se não me envergonho do que fiz. Mas então ela? Então a Olívia confirmou? Agora começo a pensar que o telefonema foi dela. O que poderá estar pretendendo essa mulher?

— Não, não tenho razão nenhuma para me envergonhar.

Ela cruza os dedos no regaço, olhos baixos, por fim me diz que a Olívia negou tudo.

— Mas ela só podia negar, Raquel.

O sorriso da minha mulher me assusta.

— As negativas dela foram só de palavras. Negou o tempo todo. Mas a cada não que ela pronunciava, erguia as sobrancelhas, revirava os olhos e sacudia a cabeça. Um sorriso de zombaria pendurado no rosto. Os trejeitos diziam que sim, sua tonta, enquanto a boca, representante das conveniências, afirmava que não. Saí de lá convencida de que você me traiu. Mas te juro que foi a última vez.

E ela se sacode, inteira, como se fosse arrebentar chorando.

Meu argumento é sólido, e desencavo de algum lugar desconhecido uma voz dura sem ferir, firme, de quem se afoga em razão. Que é loucura sua, Raquel, confiar mais em trejeitos e expressões do rosto do que nas palavras, representantes insuperáveis do pensamento. Concordo, que podem ser enganosas, mas o rosto, com sorrisos ou sem sorrisos é também portador de fingimentos e simulações. Não vê os artistas de teatro, que dão a seus rostos qualquer papel a desempenhar?

Ela suspira e se aquieta por um tempo, suponho que extraviada em suas convicções. Algum pensamento, entretanto, retorna com ímpeto guerreiro e seus olhos voltam a brilhar. O suor de sua testa esconde o que lhe passa pela mente.

Mas a confiança, ela retoma, a confiança construída em tantos anos, você não pensou nisso? De repente abalada, destruída. Como viver agora a seu lado? Como saber quem entra naquele consultório, com quem você se encontra nas saídas que nem suponho? Teria de mantê-lo amarrado ao pé da mesa para não desconfiar de você? A separação, Marco Aurélio, é a solução que nos cabe. A única, entendeu?

Ela continua com os dedos cruzados sobre o regaço, onde mantém fixo e aparvalhado o olhar. Minha pele se arrepia e uma saliva salobra me inunda a boca. O estômago se contrai em ameaça de uma cãibra. O mundo se transtorna e não me vejo mais no meu ambiente. Estas paredes, com suas telas, os móveis, luminárias, nada disso me continua familiar. Sou um homem que acaba de acordar à deriva num espaço onde não há lugar para firmar os pés. Não consigo mais imaginar os quartos, meu filho, o restante da casa, que até ontem me situavam no mundo, como pertença minha.

Estou perdido.

Júlia

8

No meio de uma gargalhada, a Raquel me pede para repetir. Ela nunca me pareceu de grandes expansões e tomo sua explosão como o rompimento de um desejo clandestino, daqueles que as palavras, por conveniência, não podem revelar. Esse descontrole dela. Então faço nova festinha com a boca na barriga do Ronaldo, que ri, que ri a quase se finar de tanto riso. Encaro minha cunhada sentada no banco de jardim, aqui na minha frente, e torno a dizer que ela, a Raquel, poderia muito bem me dar seu filho.

— E por que você não fez o seu?

Percebo um pouco de maldade na sua pergunta, pois bem sabe ela que aquele cretino do Leonardo não teve competência para me dar a menina que eu vivia pedindo. E ela agora tripudia, perguntando sobre a Austrália, o lugar onde meu ex vive atualmente, e o nome do diplomata, essas coisas. Finge que não sabe tudo que eu sei para fazer perguntas idiotas. Faz as perguntas num tom muito casual, sem deixar de folhear a revista que trouxe lá de dentro. Eu quero te adotar, menino safado. Você vai ser meu. Agora ela sorri apenas com os lábios, que se repuxam de leve. E nós dois rolamos na grama, debaixo de um céu sem nuvens, marcados por um sol que escorre perpendicular sem machucar ninguém.

O almoço de hoje vai ser debaixo do caramanchão e a Elaine já está arrumando a mesa para seis lugares. Este menino safado tem lá seu lugar também. Meu pai e o Marco discutem política na biblioteca, a mamãe vem chegando de dentro, com passo triste, cabeça pendida e posso adivinhar-lhe a causa. Enfio outra vez o rosto na barriga do Ronaldo e sopro com barulho de bexiga furada, o ar fazendo cócegas. Ela chega e senta ao lado da nora. As duas muito amigas. Quando se percebe observada por meus olhos, bem abertos, ela suspira de sacudir o peito. Adoro este menino que me segura a mão e pede, Mais, tia, mais. Ninguém, nunca, vai me chamar de mãe. Minha súbita e efêmera tristeza rebate em novo suspiro da dona Maria Alcinda, um suspiro que me pede cumplicidade.

— O que aconteceu, minha mãe?

Ela suspira agora mexendo o corpo inteiro porque acabou de receber atenção.

— O Augusto, Júlia, não me conformo.

A Elaine pergunta à mamãe qualquer coisa sobre louças e porcelanas e o Augusto fica por momentos abandonado como um ser apenas imaginário, bastante indefinido. Tempo suficiente para que eu repasse nossa infância, as rusgas sobre as quais construímos nossas relações fraternas, mas nem tanto fraternais. Rusgas que diminuíram na mesma proporção do nosso amadurecimento. Não sei se sobrou alguma sequela daqueles tempos, talvez não, mas a tristeza da minha mãe me incomoda um pouco.

Dadas suas ordens, dona Maria Alcinda volta-se com atenção total para o assunto recém-iniciado e já interrompido.

— Não me conformo, minha filha. Nossos domingos, todos juntos, entende?, não têm mais aquele prazer pleno, como antes.

Procuro não atacar o caçula para não desagradar a genitora, mas tento a nossa defesa, para aliviar a consciência sofredora da minha mãe. Mas foi ele, já esqueceu?, disse que sua família agora era outra, e que nós, para ele, não existíamos mais. Não nos convidou para o casamento, maltratou a senhora quando, por teimosia, a senhora o convidou para um almoço de domingo. Vejo que ela enxuga umas lágrimas na ponta do lenço de seda que traz geralmente protegendo o pescoço.

— Eu sei que foi ele que se afastou, mas saber disso ainda me dói muito mais.

A Elaine passa com o carrinho-bandeja gemendo pesado com as porcelanas e talheres, e dona Maria Alcinda justifica o luxo, informando que é o aniversário de seu casamento. A Raquel larga a revista e abraça sua sogra, efusiva, e a beija com alguma violência cantando "Parabéns" e batendo palmas. O Ronaldo, que gosta de bater palmas, mergulha sua cabeça na minha barriga, me imitando, depois de ter batido sem nenhum ritmo suas mãos gorduchas uma na outra uns pares de vezes. Na porta da sala de jantar, aparecem pai e filho, decerto atraídos por nosso alvoroço.

Enquanto algazarreamos, travessas fumegantes pulam para cima da mesa à sombra perfurada do caramanchão. Flores azuis, que espiam por entre as folhas, fingem-se de enfeites de aniversário. Logo mais serão duas horas da tarde e somos convidados pela dona da casa ao almoço familiar domingueiro.

Os homens tomam conta da mesa, seus assuntos, e temos de nos contentar com cochichos que não os atrapalhem. Meu pai ainda acredita em anacronismos como "chefe de família", marido provedor. Minha mãe nunca ergueu a voz acima de um sol maior. Nem a dirigir automóvel ela aprendeu. Você quer tirar o emprego do chofer? Ele nunca usou a palavra motorista, por discordâncias semânticas. E sempre exigiu que usasse farda, de quepe na cabeça. Até hoje.

O Ronaldo não quer mais comer e a Raquel insiste com ele, que continue comendo.

— Mas ele já comeu bastante, Raquel!

— Nem adotou ainda e já está protegendo? Vê se me estraga o menino, Júlia.

Erguemos a voz bem pouco acima do cicio, e os dois interrompem a conversa para entender o que está acontecendo. "Ainda" pressupõe ocorrência no futuro, afirma o Marco, com expressão marota. Todos falam ao mesmo tempo e ao mesmo tempo riem da brincadeira – esta mistura alegre de entendimento desnecessário. Por sorte ninguém se lembra de trazer o Leonardo para a mesa.

Cansados de tanta alegria fácil e tola, suspiramos em coro e em silêncio entramos nos aposentos da reflexão. Não sei no que reflete cada um, quanto a mim, penso que este menino poderia ser meu, mesmo não sendo uma menina.

Quem fala agora com voz clara e sobranceira é o Marco. Ele está feliz. Que nosso pai concorda com a ideia de construir logo seu hospital e vai conversar com alguns amigos, questão de fundos a levantar.

    Minha mãe parece não ouvir nada, seu olhar triste perdido na sobremesa, em que não toca.

Marco Aurélio

10

Que semana! Não que o temporal já tenha passado, mas os ventos sossegaram e o céu começou a clarear. Ontem jantou comigo, um pouco silenciosa, falando com economia, dizendo apenas o necessário, como se fosse numa língua estrangeira, com pedras machucando a boca. Um silêncio que nos constrangia, mas eu não sabia o que dizer; e ela talvez não quisesse dizer nada.

Mais tarde, a Raquel se enfiou debaixo do edredom, procurando não roçar no meu corpo, quieta, muito leve, uma presença quase despercebida. A comunicação que a todo momento esperava ouvir e que me azedou a vida e o estômago, nesses últimos dias, não foi feita e me parece que não será mais. Preciso reformar este consultório com urgência. Sem o sofá atrapalhando a passagem, boto outro armário com as amostras grátis, talvez uma poltrona fechando o canto. Talvez. Pode ter pensado melhor, tendo esquecido a idiotice do divórcio, e tem o Ronaldo, também. Como ter certeza de alguma coisa baseada apenas em indícios? A cretina da sirigaita pelo menos disse sem dizer, e a certeza da Raquel, com a diminuição da raiva, deve ter balançado.

 Aí vem a Dulce com o regador na mão. Me cumprimenta admirada com a minha presença antes da hora de costume. Bom dia, dona Dulce. Preferi trazer os jornais para ler aqui. Dei um beijo na testa da Raquel na saída. Medo não chegava a ser — vago receio, sim — de que minha mulher entrasse em assunto delicado, constrangedor. Aleguei passagem pelo hospital, sabe aquele velhinho?, e não era mentira, só que poderia passar por lá muito mais tarde. E este sofá, não sei se é só impressão minha, mas parece que está com cheiro de mofo, isso mesmo, ou de alguma coisa estragada. No alto da colina, o velho desatrelou o burro e sentou-se cansado em um dos varais, à espera. O mundo ficava lá embaixo, mas era quase invisível.

 Dona Dulce, precisamos de algumas mudanças neste consultório. E ela se aproxima com rugas de interrogação na testa. Principalmente o sofá. A senhora não sente um cheiro de coisa estragada? Ah, sim, só na entrada. Eu explico por alto as ideias que estou tendo. A Raquel explicou, nós dois quase dormindo, que a confiança, a confiança de antes, nunca mais. Mas como estragar nossas vidas com base apenas em alguns trejeitos de olhos e boca e um ar de ironia por todo o rosto? Não perguntei com receio de afunilar conversa. Apenas pensei.

 A recepcionista vai organizar nosso dia, com agendas e prontuários, e volto ao jornal, onde se confirma a viagem do Augusto. Um caso de muita repercussão. Depois do processo do frigorífico, o nome do meu irmão cresceu e engordou. Lá de cima o mundo é invisível.

Esta sim, além de doce, eficiente, os prontuários em cima da mesa, os dois que por certo na sala de espera, e sobe a persiana da janela maior com gemidos de roldana e espia a praça, quase vejo também, nesta claridade pouca de manhã brumosa, não vejo, mas adivinho, as árvores e os arbustos, a relva e a grama verde dos taludes. Liga o ar-condicionado, que sempre encontro funcionando, e me pergunta se pode mandar entrar dona Estela. Que sim, que mande. Lépida, dona Dulce vira as costas e guardo o jornal na última gaveta.

Dona Estela, viuvinha encantadora, que já viveu mais de oitenta anos e parece com disposição para viver outro tanto, me conta os incômodos sofridos no último mês e os descreve com detalhes, mas não consigo acompanhar, a Raquel, a expressão sinistra da Raquel, mesmo quando expôs o rosto a meu beijo de saída, ela agora, suponho, atolada em dúvidas, porque suas conclusões, sorriso irônico e caretas, ela com a certeza abalada, também não sei o que melhor me revela, se as palavras com que posso mentir ou os gestos com que posso fingir, mas enfim, o que é a verdade de uma pessoa se podemos chegar apenas ao seu exterior, à casca, essa matéria bruta, visível, onde se escondem pensamentos e sentimentos sem forma fixa, mutáveis e inconstantes, tanto que nem o próprio tem o poder de prendê-los, cada qual em busca da sua realidade, no tempo de escola nunca fui bom de futebol, sim, dona Estela, como? Me desculpe, estava pensando que gostaria de estar com saúde igual à sua com essa idade.

A viuvinha aponta para um ponto do peito, pouco abaixo de onde se abriga o coração, aqui, oh, doutor, as dores. Preciso expulsar a Raquel da minha cabeça, pelo menos até terminar esta consulta – ela percebeu que eu não estava prestando atenção. Dona Estela, seu coração é de uma adolescente. E ela sorriu, satisfeita, provavelmente voltando às pequenas safadezas dos quinze anos. E é com malícia que faço a pergunta a respeito dos flatos. Que perto dos filhos e netos toma todo cuidado. Mas se a senhora vive rodeada por filhos e netos, dona Estela, então? Ela parece que vai encabular e me calo ao puxar o talão de receitas. Devolvo-lhe o cartão do convênio e dona Estela se levanta leve, e faceira se despede.

Aproveito que estou de pé e vou até a janela. Espairecer, essa é a intenção. O desejo de ver de cima a praça, suas árvores e arbustos, flores como suposição, respirando com o nascimento da manhã. Ver do alto, descubro, aumenta a extensão da paisagem, mas diminui a resolução, os detalhes restam sem nitidez. É quase uma compensação inelutável esta equação de ganho e perda. Quem vê uma cidade, não consegue perceber o drama individual e silencioso protegido por quatro paredes.

Me viro para dentro e eis a dor no rosto sulcado do Serafim, que vem entrando na sala com os exames envelopados na mão, e volto para meu lugar. O drama pessoal, que pode parecer ínfimo, se visto do alto, mas a Raquel não se deixa expulsar da minha cabeça. Preciso mesmo, quanto antes, remover este sofá da minha sala.

Ao mesmo tempo nos sentamos, e me preparo para examinar os resultados dos exames do Serafim.

Que semana!

Augusto

12

Mas alguém aqui, no meio desta multidão à espera de quem chega, enfim, eu também, mas alguém aqui, o Reinaldo, a Olívia mesmo, esta mala pesada, o movimento do aeroporto, as pessoas e os alto-falantes, não tenho muito amor por saguão de aeroporto, as pessoas se cruzando de celulares colados nas orelhas, mas alguém aqui, no desembarque, o combinado, a mala vai ter de andar em cima de suas rodas, que o meu braço já está cansando de esperar, e as pessoas se encontram aos abraços e beijos e outros mal se cumprimentam, mas todos vão sumindo já estou aqui quase sozinho, a funcionária me olha de cima de seu uniforme testemunhando que me deixaram à espera e ninguém apareceu, em casa o telefone chama e a Olívia não atende, deve estar no escritório, não, pode deixar, eu mesmo carrego, meu pai deixou quase a metade da biblioteca dele pra mim, mas velharia, coisas muito mais novas, atualizações, se bem que os clássicos, questão de cultura jurídica, nenhum de meus colegas leu o Montesquieu, o professor pergunta e só eu levanto o braço, Parabéns, senhor Augusto, e todos ficam me olhando, porque na biblioteca do meu pai, eu digo, então como trabalho do semestre aquela análise da metáfora dos Trogloditas, as *Cartas Persas*, mas do escritório o telefone também mudo, que merda, e o celular da Olívia?, fico melhor aqui sentado, não, por enquanto nada, mocinha, só pra telefonar, fora de área, mas não é possível, hoje todos contra mim?, dou um tempo, quem sabe, é puro ciúme, ou inveja, me isolam, os dois aos cochichos que cessam quando eu me aproximo, eu bem que percebo a predileção dos meus pais, mais ainda da minha mãe, e agora, o que virou tudo isso, como é que até eles ficam contra mim?, em compensação uma defesa magistral, um recém-formado me diz que gravou tudo, que é um texto clássico, nunca viu defesa igual, os argumentos com base na história e na razão, meu arrazoado, outro fora de área, que merda que merda que merda!, não mocinha, quer dizer, me traz um refrigerante, qualquer um, é, qualquer um, parece uma conspiração, e percebo logo quem é, a voz é igual ao rosto, e depois, no caixa?, quando levanta, entendo, o rosto é o rosto daquele corpo, e a voz, o sorriso, o Marco vai almoçar com a Raquel, andam se encontrando nas minhas costas, a Júlia principalmente, pura inveja, feia não chega a ser, mas com aquele cabelo curto e o pescoço comprido, a Júlia, seu ódio pela Olívia, pelo menos é a minha impressão, mas este refrigerante vem ou não vem, então aproveita e me traz também um pão de queijo, que nos voos domésticos servem umas bolachinhas sem-vergonhas que podem distrair sem diminuir a fome, sim, um pão de queijo, mocinha, no caixa outra vez? qualquer um, mas tem que ser gelado, pode ser, sim, outro avião chegando, dedução pela quantidade de pessoas passando quase em bloco, não me agrada muito este ambiente de aeroporto, esta ideia de transitoriedade, de fluidez, eu que prefiro as situações de solidez, de estabilidade, o aeroporto é o desequilíbrio, todos com o celular na orelha, alguém aqui, me esperando como está combinado e bem combinado, repito várias vezes, sim, um dos dois, obrigado, tudo aqui é muito caro, ela não tem competência para gerar uma menina, como vive prometendo, uma netinha pra senhora, mamãe, no fim, trocada por um diplomata de pouca importância, e o idiota do Marco, com suas esquisitices, sempre do lado dela, qualquer assunto, a vida toda, os dois, com inveja de mim, que o predileto dos pais, tem réplica e tréplica, e eu, que sempre primo por um raciocínio frio e logicamente articulado, no discurso final combino razão com emoção a ponto de alguns dos jurados secarem as lágrimas com as mãos, me empolgo, esta que é a verdade, me empolgo comigo mesmo, minha eloquência, me vejo um verdadeiro Demóstenes depois de suas corridas pela praia subjugando com sua voz o rumor sem descanso das ondas, mas deveria haver alguém à minha espera aqui no aeroporto, tudo tão caro, agora já não acredito que faça algum sentido continuar esperando, os telefones todos mudos, na formatura também, como orador da turma e até reprodução em jornal, o Cícero redivivo, na matéria, e a ciumeira, ainda bem que são poucos, a maioria votou em mim, o tribuno, preciso sair daqui e encontrar um táxi, as pessoas passam com semblante grave, os destinos, a vida em mudança, tudo provisório, as pessoas não sabem que respiram o mesmo ar de um Cícero redivivo, e caminho anônimo até a porta de saída, a fila de táxis à espera, anônimo, meu discurso reproduzido em jornal, sou escolhido quase por unanimidade, uma colega vem me perguntar o signo, só sei o dia do meu nascimento, respondo, e ela prevê todo meu futuro, a felicidade batendo à minha porta, como ela diz, batendo à minha porta, e futuro radioso, o motorista vem abrir o porta-malas solícito, mesuroso, e ele nem consulta o mapa, uma rua conhecida, suponho, a colega é a Mercedes, que me prende explicando o zodíaco, mas bem pressinto em seu olhar ansioso que isto acaba em sexo, como vai acabar daqui a uma semana, ela me dá um cartão com telefone e endereço, é, sim, no início da rua, com nome, telefone e endereço, no carro dela, que o meu na oficina, quase uma semana fora e a cidade não é mais a mesma, nem eu, o Marco ameaça a Olívia de demissão e é claro que a protejo com um emprego, bem que ando precisando, muito serviço e informatização necessária, ali nossa rua, onde parece que sempre, escolha conjunta, uma rua tranquila, vizinhos que nem se conhecem, a não ser pelas informações das empregadas, nossa mídia doméstica, opa, mas espera aí, e porque a Maura não atende o telefone?, que história de doido, pode ter ido à feira, ou lavando o quintal, vou tentar outra vez, ah, não, a rua já é a segunda, vendo a esquina com o sobrado antigo, ponto de referência quando tenho de ensinar o endereço a alguém, a esquina daquele casarão de estilo manuelino anacrônico, como se, bem, as janelas todas fechadas, pelo menos, mas pelo menos por quê?, o que pode significar isso?, o motorista me devolve o troco, ainda bem que levei as chaves, tudo escuro, ar parado suspenso no espaço espaço parado suspenso no escuro, acendo a luz e me dá uma impressão ruim de que nem tudo está no lugar certo, largo a mala aqui mesmo na sala, e invado a casa a cozinha dormindo, onde todos?, e ouço meu grito abafado pelo ar parado suspenso no espaço e volto então com pressa não sinto mais as pernas que tremem ameaçando falhar e abro a porta do quarto e aqui houve algum desastre preciso chamar a polícia um assalto tudo revirado meus olhos automáticos procuram marcas de sangue não há o closet quase vazio, meu deus, um assassinato, a violência, o que houve por aqui e saio não suporto ficar vendo o cenário o que houve por aqui, o assalto, mas e a Olívia, então, não me respondeu, alguma explicação no escritório, ela, talvez já esteja lá, o carro na garagem, minhas pernas sem comando finalmente na avenida, não fosse o instinto, as mãos grudadas no volante, o suor grudado no volante, o cheiro da tragédia, o que busco o que busco o que busco, o carro dela não estava na garagem, sequestro, não sei lidar com essas coisas, mas deveria ter telefonado para a polícia, será que já sei o que me recuso a saber? Finalmente terceiro andar, a porta fechada, aqui também, e este ar, morno morto parado com mofo suspenso no cheiro, meu pai, as gavetas abertas e papel espalhado no chão, minhas pernas, onde andam minhas pernas que não controlo mais, minha escrivaninha e o que é isso?, letras grandes, mas é pra mim?, pra mim pra mim pra mim isto este papel, inútil nos procurar, procurar? por quê, Olívia? Procurar? Adeus Olívia e Reinaldo. Mas que sentido faz isso, essa dupla um casal, estou ficando louco.

13

este papel imundo não tenho coragem de jogar fora e ele fica aí me espreitando com agressividade inútil nos procurar nos os dois cafajestes, a mala três dias no mesmo lugar *dies irae* na sala quando cheguei e não consegui ficar dentro de casa e voltei pra cá me fechado como num túmulo nem por telefone os clientes que se fodam minha vida e agora os processos no fórum que se fodam faço o que dela traste eu um traste que se abandona pra correr atrás de um vira-lata *dies irae* uma tempestade de ódio meu nariz faço o que da minha vida aqui fechado como encarar as pessoas não aprendi o muco escorre as gavetas ainda abertas nem fome ou sono quero meus pais morrendo de remorso meus irmãos de joelhos nunca mais ver nenhum deles agora sozinho nesta cidade eu mas afinal quem sou sem minhas ligações um corpo sem história um nada um traste que se abandona pra correr atrás de um vira-lata qualquer mas sua paixão tantas vezes declarada por mim onde a verdade me diga Augusto onde a verdade esta massa líquida Augusto paixão verdadeira por mim mas eu sem ninguém perdida minha biografia um corpo sem história apaguei tudo não existe passado minhas mãos tremem minhas pernas tremem minha mente estremece faço o que de mim se me resta ainda um corpo sem história mesmo o nome imposto por aqueles de que não quero mais me lembrar mesmo o nome recusado que me resta senão esta febre perfurando minha mente como pensar se esta febre estremece minha mente nem saliva mais na sala a mala três dias como está o passado não existe se não tenho biografia o baixo estronda *mors stupebit* o baixo o revólver sobre a mesa seus olhos zombando deste tolo as pessoas desfrutando a derrota deste corpo sem nome e sem história saboreando os restos insignificantes trapos anônimos mas que fiz eu qual foi minha falha onde minha culpa esta fraqueza meu fracasso se é de confiança no outro que são tecidas as teias que nos ligam a ele estou solto no espaço sem nada que me amarre à vida nenhum sono mas a cabeça pende porque a força falta sem fome o revólver me olha desde a tampa da mesa e a força falta mas é preciso acabar com a dor é preciso cravar o remorso na vida de todos ao alcance da minha mão o telefone toca mas não existe mais utilidade para ele a dor sufoca é preciso acabar com a dor sem ela recuso a vida e fecho os olhos para ver os sorrisos de escárnio os olhares me perseguem a vida desimporta a vida desimporta direito meu minha liberdade recusar a dor da vida sem ela e basta um gesto meu braço cansado meu último gesto o nada é minha liberdade

***

Posfácio

Este meu irmão foi sempre apocalíptico,
descobrindo vendaval em qualquer brisa.

Júlia

Menalton é um artesão das palavras. Seu *Sonata patética* é cuidadosamente entremeado por construções semânticas e sintáticas bem elaboradas, com referências a outras obras artísticas, que chamam o leitor para um mergulho profundo na alma e na vida das personagens humanas e tripartidas do romance.

Assim como a obra de Beethoven que dá título a este livro, a *Sonata* de Menalton trabalha com três movimentos daquilo que é normalmente composto por quatro. Aqui, temos as três personagens, com três momentos principais, que nos levam a questionar o que a sociedade faz do ser humano ou o que permitimos que ela faça.

Os três filhos com nomes de imperadores romanos são os narradores do romance. Os capítulos narrados por cada um levam o seu nome, mas nem precisariam: a linguagem e o estilo empregados por cada personagem são únicos e nos levam a uma mistura de sentimentos e de sensações que nos faz identificar seus donos logo na primeira frase.

Marco Aurélio, Júlia e Augusto, ironicamente designados por seus pais para fazerem jus ao peso do nome, são atropelados por suas escolhas, que poderiam ser facilmente confundidas com o destino. Marco Aurélio perde seu equilíbrio pelo mesmo motivo que Augusto deixa de ter controle absoluto de si e da predileção dos pais. Júlia, em vez de conquistar territórios e fazer transições políticas, deixa se estagnar por um única obsessão-mágoa.

Na epígrafe deste posfácio, temos a definição de Júlia sobre Marco Aurélio, seu parceiro fraterno por necessidade, e não exatamente por afinidade. Ao definir Marco Aurélio, Júlia também define a obra de Menalton Braff: *Sonata patética* é um vendaval apocalíptico que vem de uma brisa suave.

Um tema comum ao ser humano, como a preferência dos pais por um dos filhos ou uma traição matrimonial, não teria o efeito que tem em mãos menos talentosas. Menalton convida o leitor a se tornar um ouvinte das histórias aqui contadas por meio de monólogos interiores e de fluxos de consciência mesclados com uma narração que acompanha cada narrador e suas percepções da realidade.

Com o uso da pontuação a seu favor, o autor permite que o leitor embrenhe pelas matas do coração de cada personagem e sinta a atmosfera que toma conta de ambos – leitor e narrador – concomitantemente. Desde os móveis de cada espaço ocupado ao uso de expressões peculiares de cada narrador, temos cenas que, se ou quando transmutadas para um filme, farão toda a diferença. O cuidado com os detalhes é tão grande quanto o cuidado com a trama e sua narração.

Entre um capítulo e outro, o leitor interage com o texto à medida que os espaços vazados lhe permitem compreender, visualizar e perceber o que aconteceu. Esses espaços são tão bem colocados e construídos, que o leitor se delicia com o não dito tanto quanto com o dito. É dentro desses espaços vazados que parte da narrativa se desenvolve e deixa ao leitor a interação necessária para que ele se sinta um espectador onipresente do desastre dos Tavares desencadeado por vaidades.

Marco Aurélio, homem de família tradicional, apaixonado pela esposa, pelo filho e pela profissão, orgulhoso de seu papel mantenedor de uma sociedade conservadora e o de um rebelde em uma família arrogante, com um nome e uma posição a zelar, percebe que não é exatamente o que acha ser. Considerando-se equilibrado e inimputável, ele se deixa envolver em um caso sexual, mas não amoroso, com sua secretária, Olívia. O clichê quase inevitável é o início da destruição inimaginável que virá em seguida.

Os capítulos de Marco Aurélio são permeados de culpa e de dúvida, de observações que extrapolam o senso comum e o que Marco Aurélio considerava uma certeza. A linguagem empregada por ele é exatamente como seu consultório, elegante e acolhedora, e a sobriedade o leva pelas mãos até que o impensável ameaça acontecer. Seus monólogos interiores, anteriormente alimentados de justiça e de bondade, tornam-se desesperados por redenção e por brechas, acompanhando o nervosismo e a ansiedade que o arrematam.

Uma das máximas do imperador Marco Aurélio, "O mundo é uma transformação perpétua, e a vida, somente uma opinião", o engole por completo, com o julgamento de Júlia, apesar de sua fidelidade e lealdade ao irmão, e com a indecisão explosiva da esposa. Marco Aurélio é tão dono de suas ações-brisa quanto de suas consequências-vendaval.

Júlia, em contrapartida, tem amargura em cada fala e em cada gesto. Seus capítulos são marcados pela aridez de seu casamento, pela esterilidade da união que não lhe deu a filha pela qual era obcecada desde a infância, pela inveja das mães que têm dentinhos de leite para cuidar, pelos caminhos não trilhados. Júlia é o não ser. Júlia não é mais esposa, não é mãe, não é a filha mais amada, não é impetuosa como Olívia, a amante, não é altiva como a mãe, não é o que Cacilda, sedenta de amor – qualquer que fosse ele – gostaria que ela fosse. Júlia simplesmente não é, até que ela passa a ser, e, então, percebe que a queda do irmão caçula lhe dá privilégios de filha querida, que ela diz nunca ter tido. Júlia passa, portanto, a ter. Ela passa a ter o carinho da mãe no rosto, o beijo do pai na testa, a atenção forçada à mesa de refeições, os convites para jantares e almoços mesmo que ocorram com uma formalidade descabida. Ainda assim, Júlia não é mãe e não tem a filha que ela tanto acredita merecer. Júlia não teve seu *veni vidi vici*. O que ela tem e, aparentemente, não deixará de ter é a mágoa pelo seu ex-marido, é a raiva debochada de uma infância em que foi preterida, é um lugar não lugar. Júlia é o não da narrativa.

O não ser e o quase não ter de Júlia reiteram o fato de que as mulheres retratadas na obra nivelam seu caminhar de acordo com seus desejos não atendidos e com as possibilidades de escolhas que elas decidem abraçar. Júlia se sujeitou a um casamento de fachada com um homossexual, para ter uma filha (e não um filho); Cacilda viveu com a desculpa de um amor não recíproco do irmão de Júlia, para se "converter" às mulheres; Maria Alcinda depositou suas expectativas maternas no único filho que não foi pródigo; Raquel escolheu não escolher e deixar o marido ansioso por cada sinal de um perdão que pode vir ou não. A única personagem feminina que foge à regra é Olívia, que destruiu um império e que escolheu sempre escolher a si e ao poder volúvel das relações. Olívia escolheu poder ser o que quisesse, diferentemente de cada narrador e, principalmente, do filho caçula, o filho imperador que, em vez da paz, coroou a destruição.

Augusto, filho favorito de pais que buscavam a perfeição e a perpetuação de uma espécie única, os Tavares, é o terceiro narrador de uma trama que vai além do drama individual e do familiar. Com seu discurso soberbo e musical, Augusto brinca com a linguagem de tal forma, que o leitor ama odiá--lo. A perfeição do terceiro filho é grotescamente zombada pela sua coriza constante, algo que o repugna e mostra o material de que ele é feito por dentro. Filho perfeito, aluno exemplar, ser humano superior a qualquer próximo tanto pela beleza quanto pela inteligência e pela cultura, Augusto sabe que a altivez de sua mãe, o legado de seu pai e a cega admiração de ambos lhe permitem viver em um mundo que não o merece. Culto, sempre bem aprumado, com gosto musical clássico e impecável, Augusto se esquece de que ele é também feito de matéria comum humana e não está acima da luxúria e do amor. Nunca tendo amado alguém que não a si mesmo, Augusto faz de Olívia sua mulher, sua posse, seu troféu. As rupturas em seu discurso são muito expressivas quando ele fala de amor e quando fala de posse para se referir a ela. Os pronomes mudam, a agressividade se impõe, o orgulho de ser único se traduz em seus monólogos interiores, e a raiva de ter que conviver com o trivial irrompe por meio da pontuação e do uso de frases em latim que Menalton lhe imprime.

Augusto, umas das personagens mais bem construídas da contemporaneidade, é a própria *Sonata patética* de Beethoven, com sua introdução dramática, seu desenvolvimento mais suave e seu final retumbante e trágico. O menino mimado, senhor de plebeus, que nunca cresceu, transforma-se no epítome do homem adulto manipulado e frustrado, com um final não anunciado. Talvez apenas Olívia, a mina terrestre dos Tavares, tivesse alguma ideia do que poderia acontecer.

Olívia de Roma Antiga foi a terceira esposa do imperador Augusto. Olívia de *Sonata patética* é a única a desestabilizar dois imperadores e a explodir um império em progresso. Nossa Olívia, assim como a Olívia romana, agiu silenciosamente, abrindo caminhos para seus desejos. Entretanto, ao contrário da romana fiel e leal, a braffiana, sensual, sexual e ardilosa, experimentou os dois Tavares machos, para, no final, tripudiar sobre eles. Olívia, aquela que tradicionalmente seria uma mera secretária, é a primeira peça de dominó a encostar nas outras, derrubando-as de maneira espalhafatosa. Durante toda a obra, não temos descrições físicas que nos guiem pelo terreno das aparências das personagens. Salvo o cabelo de Júlia, que é curtinho como o de Joana D'Arc, e o corpo escultural de Olívia, não se sabe mais coisa alguma sobre qualquer personagem. Entretanto, pela descrição das roupas, dos ambientes, das vozes, dos perfumes, das ações, dos pertences e dos pensamentos de cada personagem, o leitor consegue criar uma imagem em sua mente e assistir ao romance como a um filme.

Os diálogos sem travessões, os nomes, a escolha perfeita de palavras, a dança das diferentes facetas da linguagem, a intertextualidade com obras teatrais (a referência à Nora Helmer, de *Casa de bonecas*, de Ibsen, é genial) e musicais, a descrição das roupas e dos espaços recorrentes (o consultório dos irmãos mais velhos, o escritório do caçula, o apartamento da irmã e o da amante e a casa dos pais) convidam o leitor a penetrar no universo literário de alta qualidade proposto pelo autor, que não nos chama de incapazes e nos oferece pistas constantes, permitindo-nos caminhar pelo texto no ritmo que escolhermos.

Quando Augusto, por exemplo, solta uma gargalhada que "subiu dos intestinos, com bafo de garganta suja, com meu desprezo pela tentativa inglória da Júlia", temos um exemplo do poder da linguagem imagética e sinestésica do romance. Temos, portanto, uma pequena evidência, entre centenas, do que um autor visceral, de qualidade ímpar, é capaz de fazer.

Não fosse pelo talento de Menalton Braff, um clichê seria apenas um clichê. Nas mãos dele, temos o assassinato de todo e qualquer lugar-comum e o nascimento de uma obra que merece ser premiada por toda a sua construção.

Sonata patética não é apenas um romance. *Sonata patética* é uma obra que atiça todos os nossos sentidos e provoca efeitos de sentido contraditórios nos leitores. Menalton consegue compor a sua sonata sinestésica por meio de descrições sutis e de observações sagazes que envolvem o leitor, sem tirar-lhe o prazer de saborear cada linha. De patética, essa obra tem apenas parte do título, que lhe cabe muito bem.

Elaine Christina Mota
Mestre em Literatura Comparada
pela UNESP - Araraquara

Partitura da *Sonata Patética*
de Ludwig van Beethoven

SONATE
(Pathétique) Op. 13.

Dem Fürsten Carl von Lichnowsky gewidmet.

Attacca subito l'Allegro:

Allegro molto e con brio.

Para ouvir *Sonata Patética*,
escaneie o QR code

ou acesse o link
https://archive.org/details/HSTR-503

Este livro foi composto em Bell MT e
impresso em papel pólen 80 g/m²
na São Francisco Gráfica, em fevereiro de 2025